月夜·驛站·夜快車

作者◎陳啟淦
繪者◎余瑤傑

愛上火車的理由

鐵路局局長 周永暉

小時候在澎湖長大，不論去台北或高雄，我們都會說去台灣。到了台灣，火車就成為南來北往的重要交通工具，所以搭火車是許多人的共同記憶。

台灣鐵路的密度隨著環島鐵路完工，高鐵、捷運的相繼開通，鐵道更是和我們日常生活密切而不可分割。火車每天環繞著台灣行駛，為運輸旅客而忙碌奔波，許多學生上學放學靠它，許多上班族天天靠它，出外旅遊、辦事，它提供十分方便的服務。在汽車十分普遍的年代，火車仍然扮演著大眾運輸工具的重要角色。

火車在兩條鐵軌上奔馳，旅客安心地坐在車廂裡，有一群旅客看不到的工作人員，每天在幕後默默付出。例如：調車司事，他們負責車廂編組，一組列車中某個車廂有瑕疵，必須拆下來送修，這些調車人員可忙了。檢車人員負責檢查、保養車廂，他們分散在列車上、大站或保養廠裡。道班人員負責鐵軌、橋樑和隧道的保養，不管是烈日當空或狂風大雨，白天或黑夜，常常看到他們的身影伴著長長的鐵軌。還有負責號誌的號誌員，負責電力維修的電力人員……

守著火車的安全，是每一位鐵路從業人員的責任，看著它平平安安地在鐵軌上奔馳，大家才會寬心。一旦遇到狀況，工作人員立刻展開忙碌的搶修工作，務必在最短的時間內，讓它恢復正常行駛。每一位鐵路人員，每日與火車為伍，從青年一直到壯年，忽忽已數十寒暑，對火車有一份難以割捨的感情。

啟淦兄是我鐵路局的工作夥伴，同樣在高雄車班擔任過列車長的工作。他在鐵路局服務了三十多年，最近選擇從工作崗位上退休。他的人生最美好的青春歲月都貢獻給旅客，奉獻給鐵路局，不曾後悔過。

他在上班工作之餘，喜歡看書寫作，寫作的作品是童話、兒童詩和少年小說，對象是兒童和青少年朋友。他曾經在海峽兩岸多次得過文學獎，從早期的台灣洪建全兒童文學獎、教育廳兒童文學創作獎、高雄市文藝獎等，大陸的第二屆冰心兒童文學新作獎、大陸微型童話徵文首獎、上海童話報小讀者票選年度最佳童話獎。在台灣、大陸，他的著作超過六十本，著作量十分豐富。

要創作兒童文學作品，必須有一顆赤子之心，他正是如此。愛兒童，愛文學的他，選擇為小朋友說故事，寫故事，終生樂此不疲。正因為喜愛兒童，他有源源不斷的靈感來寫作，給小朋友說好聽的故事。在鐵路局服務，他比別人更認識火車，於是用手中的彩筆，寫出《台灣的火車》、《阿里山的火車》二書，這兩本書由當年教育廳兒童讀物編輯小組出版，各小學的圖書館都有收藏，許多小朋友看了此書而變成鐵路迷。另一本《鐵路列車長的一天》，是給學童閱讀的繪本，他以多年列車長的親身經驗，以及專業的鐵路知識，配上許多精美活潑的圖畫，贏得許多小朋友的喜愛。

本書的故事很特殊，是以車站為背景的小說，這樣的題材很罕見。大家對火車站的印象不外乎候車室、剪票口和月台。在早年交通工具不發達的年代，火車站可能成了當地最重要的地標，村民心中的精神堡壘。書中重要的場景就是如此，故事圍繞著五堵車站，那裡可能是偏遠小村落唯一的公共場所，站前的小廣場是村民聊天、運動的好地方，廣場上賣陽春麵的小攤、賣涼水的，這些都構成了農業社會中最純樸，最美麗的風景，當然也包括小車站裡的工作人員。

作者筆下的小車站，呈現早期台灣的社會，處處充滿了人情味，而不是冷冰冰的地方。外貌嚴峻的老站長，也有柔軟體貼的一面，其他鐵路員工，各個是鐵漢柔情。鐵路迷也是書中重要的腳色，火車和火車站都是他們的最愛。鄉下的小車站，成了許多人精神的寄託處。

希望有更多的文學作品，以火車站、鐵路、火車為背景，讓讀者享受閱讀的喜悅。更希望讀者們愛上火車，愛上旅行，搭乘火車快快樂樂去旅行。

卻顧所來徑，蒼蒼橫翠微——試析陳啟淦的鐵道書寫

東海大學中文系教授
許建崑

陳啟淦先生任職鐵路局工作數十年，與文學的領域本不相關。可是在南方文壇中，他卻是個舉足輕重的人物，曾獲高雄市文藝獎、柔蘭兒童文學獎等多項獎項。或許在早期洪建全文學獎的甄選中，他出類拔萃，便一腳栽進了「兒童文學」的領域。他又急公好義，每次兒童文學界舉辦活動移師高雄，或者是大陸文友來訪，都得麻煩他張羅。久而久之，習以為常，好像他就是南方好菩薩，專門救濟枵腹寫作的好弟兄。

說起啟淦兄的創作量，十分豐富。他最先以童話見長，如《小郵筒》、《魚兒水中游》、《不發脾氣的貓》，展現他待人接物的寬容與體貼，可能具有佛緣。

他陸續書寫聖嚴法師、證嚴法師和達賴喇嘛的故事，每本都見證了因果。他受託為孩子改寫《圓桌武士》、《金銀島》，頗有佳評。上海廿一世紀出版社也委託他以

孝順、互助、誠信、尊重、感恩、環保為主題，寫了一系列的成長小書；新近又推出「十二生肖品德繪本」系列，仍請他主筆。

不過，我知道啟淦兄最想寫的還是小說。《再見金門》是他的試筆，把金門當兵的經驗，幻化為嘉勝和阿勇冒險攀登大武山禁地的故事；而《日落紅瓦厝》，則寫出林家古厝前後兩百年的歷史淵源，頗能讓讀者發思古之幽情。自副站長之職退休下來，他受邀在「工作大未來」系列中撰寫《鐵路列車長的一天》，自然是夫子自道。可是在他內心深處，還是盪漾著這本《月夜、驛站、夜快車》。

故事的背景，設在五堵火車站。站長受過日本教育，行事作風雖然古板，仍不失嚴謹自律；而副站長辦事果斷明快，和藹待人，是站裡運作的石磨子心；站務員阿義，古道熱腸，卻也個性急躁，調車時摔跌了腿；另一個站務員進興選擇單身，把愛心奉獻給流浪小動物。退休義工老羅，負責打掃車站前後，不可或缺。而設在車站旁邊的麵攤，由兩代相傳的白老闆夫婦掌廚，貪婪逐利之徒，常有驚人突兀之舉，是故事中難得的丑角。

安頓了場景，啟淦兄把筆一伸，以國中學生劉嘉明在民國六十六、六十七年之間的成長故事為主軸。嘉明缺錢，卻橫著心搭夜快車去高雄找姨媽。爸爸有了後妻，對家裡的衝突，雖有心調解，卻無能為力。倒是林副站長發掘嘉明繪畫的長才，兩度幫五堵火車站設計壁報，參賽獲獎；他循循善誘，勸服嘉明好好把書讀完，還陪伴去報考台南師專，逐步實現脫貧去困的夢想。嘉明送阿姨去汐止蕭婦產科接生，以及到礦場浴室找爸爸，是書中兩段精彩的描寫。

陪襯嘉明的角色，是出入車站的高中生祈國棟，生長於士官長父親和原住民母親的家庭，平日豪邁耍酷，惹事生非，最後因跳車而不幸殞命。國棟的死亡，令人不捨，還有大千世界值得他去闖蕩呢！這兩個孩子個性鮮明，以國棟的爽朗，來映襯嘉明的抑鬱，真如日月之交輝。

第三組間插的人物，是熱愛攝影的吳老師，以及大學生郭家豪、楊峻安等人，他們穿梭鐵路、隧道、山巔、峽谷，為的是拍攝美麗的火車身影。除了這三組人物，還有能素描火車的輟學生方小龍，失智瘋癲的阿蓮，他們讓這個以採礦為業的小鎮，添加了幾許憂傷的氣息。

當然，這篇小說只是啟淦兄鐵道書寫的冰山一角，還有許多深埋的故事，正要一一浮現。啟淦兄在工作崗位上認真踏實，正好儲備了他書寫的能量；他在閒暇時，喜愛露營、泡溫泉，也會跟著攝影大師去追蹤火車過山洞、跨鐵橋的美景，自然是他寫作的好材料。是什麼原因練就他冷眼看世情，熱心渡人的胸懷呢？我突然想到李白的一首詩：

「暮從碧山下，山月隨人歸。卻顧所來徑，蒼蒼橫翠微……」

回首啟淦兄披星載月辛勤工作之後，帶著記憶的行囊歸田，在美好的暮色時光中，正可以展卷抒寫，細數著多少矻矻孜孜無法忘卻的身影？

我的火車情緣

小時候，我的家鄉在嘉南平原的北端，一個以製糖著名的純樸小鎮。家父在糖廠上班，一家人就住在糖廠宿舍。

小鎮的街上有一個火車站，搭乘火車可以到達縣內許多大鄉鎮，鐵路像蛛網似的密布，四通八達，比坐客運還方便。

外婆家在台南，媽媽帶著我們幾個小蘿蔔頭回娘家，先搭小火車，再換大火車。小火車是糖廠火車，大火車是台鐵的縱貫線，很明顯的，台鐵火車比糖廠火車大很多。

在製糖的季節裡，小火車拖著長長的車廂，車廂載滿了甘蔗，緩緩地穿梭在鎮內及郊區。載運甘蔗的火車速度很慢，時速不超過二十公里，有些小孩跟著火車跑，抓下幾根甘蔗來，當場用牙齒撕開甘蔗皮，嚼得津津有味。鎮上的平交道很多，遇上這種龜速慢行的火車，路人只有乾著急。

糖廠宿舍傍著一條美麗的溪流，溪流上橫跨著一道鐵橋，我們常在溪邊的堤岸上，看著小火車經過鐵橋。鐵橋建於日治時代，是一座全罩式的花鋼樑鐵橋，至今已一百多年，依然健在，現在成了觀光景點。

大鐵橋是糖鐵運輸專用，後來在鐵橋一側加建木板橋，寬度不到一公尺，僅供行人及腳踏車使用。在上下班的時間，木板橋很熱鬧，騎腳踏車的人快速奔馳，一路按著鈴聲，走路的人只得靠邊站，讓車子先過。木板橋年久失修，腳下的木板許多腐蝕崩壞，從隙縫中可以看到河面，走起來膽戰心驚，那些騎腳踏車的人練就高超的技術，左閃右躲，要躲輪下地板的坑坑洞洞，又要閃避行人，沒有相當經驗的人不敢騎。當火車經過鐵橋時，在木板橋上天搖地動，橋上的鐵馬騎士和行人彷彿歷經一場震撼教育。

小時候到外婆家，搭乘小火車，換乘大火車，坐的是最便宜的普通車，每一小站都停，看著窗外的風景不斷退後，心中十分興奮，這是花最少的錢，享受最久的服務。

在那個貧窮的年代，對小朋友來說坐火車是一種享受，一種特殊的經驗，許多鄉下小孩到了小學畢業，還不曾坐過火車呢！

退伍後到社會上覓職，換了幾個工作後誤打誤撞來到鐵路局當臨時工，那時候的工作是調車工、看柵工，這些工作都是外界難以想像的，火車不再是我的偶像，而是換取三餐溫飽的工具。做一行難免怨一行，調車工作危險性特高，稍一閃神就受傷，經常興起離職的念頭，為了求職不易，只好忍耐下來。

後來當了列車長，南來北往跑透透，看似輕鬆的工作，不就驗驗票，開開車門嗎？每次上班都要面對許多未知的狀況，例如：不講理的旅客、酒醉鬧事的、突發疾病的，還有平交道事故、機車故障等。上班之前，許多人都會祈求一下心中的神明，保佑一路平安無事。

結束列車長的生涯，再來是在車站月台，對每趟火車迎來送往，每天在開車鈴聲與「開車歐賴！」聲中度過。每日與火車為伍，對火車的感情早已由濃轉淡，不是熱戀中的情侶，而是變成一家人了。

時間過得真快，悠悠忽忽二、三十年過去了，兩個孩子的奶粉錢、教育費、生活費，都是靠那份微薄的薪水來支撐。抱怨漸漸轉為感恩，若非這些火車，若非鐵路局，一家人如何順利成長，平安度過數十年的歲月？薪俸雖然微薄，生活雖然拮据，在省吃儉用之下，養活了一家人。

想起了火車，就像是一家人，它是不可或缺的一份子。

目次

第一章 16 搭乘夜快車
第二章 34 陽光燦爛的城市
第三章 60 跳車的高中生
第四章 80 還錢的少年
第五章 100 礦工的悲哀
第六章 122 三個鐵路迷

第七章 144 一起去摘龍眼
第八章 162 小祁的十八歲生日
第九章 182 夏日露營
第十章 206 自強號列車
第十一章 228 老站長退休
第十二章 244 又搭夜快車
附錄 256 鐵路知識補給站

第一章

搭乘夜快車

夜幕高掛在天空，一彎朦朧的月亮正從雲裡鑽出來，閃著銀白色的清輝。柔和地照著大地，照著小村落，照著小小的車站。

小小的車站籠罩在月色中，看起來那麼寧靜，那麼安祥，彷彿是一處與世無爭的淨土。月光落在車站旁的苦楝樹上，篩落下斑駁的黑影，偶爾傳來幾聲夜鷺粗啞的叫聲。

車站的售票員阿義，看那空蕩蕩的月台和候車室，閒得想打瞌睡。望著牆壁上的時鐘指著十點三十七分，距離關門的時間還早，他去拿一個茶包泡茶，想把瞌睡蟲趕走。

沖好了茶，回到售票的位子上，他看到候車室的角落裡，坐著一個身材瘦小的少年。少年帶著一個背包，稚嫩的臉上眉頭深鎖，戴著一副眼鏡，看起來心神不寧的模樣，眼睛不時看著車站外面，好像擔心被人發現。

再過十分鐘，就有一班到台北的下行列車。這種三等站只有停普通車，不但高級車不停，連平快車一天只有停兩個班次。

阿義正想問一問少年要不要搭車，少年正好起身走過來。他眼神飄忽迷惘，精神憔悴，一副魂不守舍的模樣。

阿義心裡想，小小年紀應該是無憂無慮，充滿陽光充滿歡笑才對，怎麼愁眉苦臉？比起大人來還要老成。

少年走到售票口，兩隻手在口袋裡找，神色很緊張。找了片刻，終於在褲子後面口袋裡找出幾張鈔票來。

「買一張到高雄平快車的車票。」

「平快車這裡不停，要搭普通車到汐止換車。」

「我知道。」

「要不要買來回票？」

「不要。」

「三百四十二塊錢。」

少年露出驚訝的表情。「怎麼會那麼貴？」

「少年仔，這是公訂價格，不能討價還價，價錢寫在外面公告欄上，是鐵路局規定的，不是我規定的。」

「我要買半票。」少年著急地說。

「半票？」阿義打量少年的身高，問說：「你身高多少？」

「一五四。」

「鐵路局規定一一五到一四五是半票優待，你超過太多了。我如果賣你孩童票，車上列車長查票，會再多罰五成。」

「可是……」少年急得快哭出來。「我的錢不夠。」

「錢不夠回家去拿。」

「不行啦！車子快來了，要是趕不上這趟夜快車，我就……完蛋了。」

「那你改天再去高雄，我們夜車天天都有開。」

「不行，我今天一定要搭夜車到高雄。」少年萬分著急，一雙眼睛噙著淚水，隨時會奪眶而出。

副站長起身，戴上高高的大盤帽，手拿著手電筒，經過售票房時，對阿義說：「阿義，快點賣，車子快進站了。」

「喔！」

少年聽到副站長的話，急得哭起來。一個大男孩在車站裡大哭，在這寧靜的夜晚，聽起來格外令人心酸。阿義聽了哭聲，一股惻隱之心油然而生，只希望他趕快停止哭泣。

「好啦！不要哭了，你少多少錢？我先借你。」

「謝謝！謝謝！」少年停止哭泣，臉上勉強露出一點笑容。「你借我一百塊就好了。」

少年拿出一張百元鈔票和一堆硬幣來。

「一百塊？我可以吃好幾餐了。」阿義有點後悔，不過既然話說出口了，只好硬著頭皮借他了。他收下錢，拿了一張異級票（註一）的火車票給少年。車票註明著五堵到汐止普通票，汐止到高雄平快車。

「謝謝！謝謝！」少年接過車票，不斷向阿義致謝。

「喂！小子，你什麼時候回來？」阿義問。

「我……可能不會回來了。」

火車進站的聲音很大，少年拎著背包迅速地衝上月台。

「喂！喂！你不回來，錢不還我了？你金光黨的喔？」阿義衝到月台大聲喊著，少年已經跳上火車，不久，車子已慢慢啟動。

※　※　※

「阿義，你剛才在叫什麼？」林副站長問。

「副座，阿義說他剛才掉了一百塊。」進興說。他是剪票員，他們的工作必須輪流。

「阿義掉了一百塊？」林副站長十分驚訝。「怎麼掉的？」

「阿義說剛才那個小朋友，車子快進站了才來買票，買到高雄的夜快車，說是錢帶不夠，在那裡大哭，阿義一時心軟就借他一百塊，但他說他不回來了。」

「剛才那孩子我有看到，常來坐火車，讀汐止秀峰國中，不知道幾年級，在這個車站進進出出一年多了，雖然不知道他的名字，看起來很眼熟。這孩子看起來乖乖的，不像是騙人家錢的人。」林副站長說。

「阿義說，那小孩車票拿到後，馬上變了一種表情，快快樂樂去搭火車了，現在小孩子太鬼靈精了，太會演戲了。」

「本來錢不夠，難過得哭起來，聽到阿義要借他，他心情當然高興啦！阿義，你今天做一件大功德。」

「什麼大功德？我看是遇上金光黨、詐騙集團，而且是大人被小朋友騙。」

阿義垂頭喪氣地說：「我問他什麼時候回來，他說不回來了。」

「會不會……是在和你開玩笑？」林副站長問。

「副座，金錢的事情能拿來開玩笑？我看阿義今天晚上睡不著了。」

「最可惡的是匆匆忙忙中，我忘了要他留下名字、住址和家裡的電話，我要去哪裡找人？」

副站長拿出皮夾來，掏出一張百元鈔票，要遞給阿義。「阿義，算我的，不管是被騙還是真的錢帶不夠，都無所謂。不還的話，我就當作是布施給有急難的人。」

「不！」阿義堅決推掉。

「我常和媽媽到寺廟，媽媽教我要常布施，假如能布施給急難的人，我會很高興。」林副站長說。

阿義終於收下來了。

「可是，我覺得很奇怪，這孩子明天不用上課嗎？」

「我看他神色倉促，一定是家中發生大事情，要他趕緊連夜南下高雄。」林副站長說。

「家裡難道沒有其他的大人嗎？」

「可能分批南下，我猜的。」林副站長說。

「有可能是離家出走。」

「可能欠了一大筆賭債，只好連夜逃走。」

「哇！你們兩個人想像力太豐富了，可以去電視台當編劇。」林副站長笑著說：「也有可能是金光黨、詐騙集團，利用小孩子來博取別人的同情心。」

「有可能。」

※　　※　　※

闃靜的夜晚，小村子彷彿在沉睡了，幾家商店早就關門了，鄉下人早睡早起，不習慣當夜貓子。

時鐘指著十一點一刻，再過一趟到基隆的上行列車，車站就可以關門了。

突然，傳來一陣摩托車呼嘯而過的聲音，這個聲音到了車站前面戛然而止。阿義起身探頭來看，是一個中年男人，匆匆忙忙走進車站來。

「先生，你要到哪裡？」阿義問。

「找人。」

「找什麼人？」

「一個男孩。」

「男孩？長什麼樣子？」

那個人想了一下，說：「長得不高，矮矮瘦瘦，臉上有戴眼鏡，還有……」

「還帶一個小背包，還有……」

「你有看到？他去哪裡？」

「他搭南下普通車，到汐止換乘今晚的夜快車，要到高雄。」

「夜快車汐止幾點開？」

「十一點半。」阿義看看時鐘說：「剩下七分鐘就要開了。」

「我去追追看。」

「先生，你追不到的。」

那個人跨上摩托車，呼嘯而去，消失在夜色中。

冷冷清清的車站，黑暗的小村，「五堵車站」四個大字在夜色中發亮，看起來格外醒目。

※　　※　　※

嘉明拎著背包上車去，走了好幾個車廂，才找到一個空位。他的座位靠窗戶，旁邊坐了一位小姐。他把背包放到行李架上，安安穩穩地靠著椅背，閉上眼睛，讓一顆紛亂的心安靜下來。

車子開動不到五分鐘就停下來，這裡是汐止站，兩站之間只有一點三公里，可能是台灣間隔最近的兩個車站。嘉明每天搭火車上學，對這兩個車站再熟悉不過了。

耳畔傳來準備開車的鈴聲，鈴聲停止後，車子緩緩開動了。他鬆了一口氣，終於要離開這個鬼地方了，希望以後永遠不要回到這裡來。

他張開眼睛，想要對這裡做最後的巡禮。忽然，看到一個熟悉的身影衝到剪票口，剪票員將他攔下來，經過掙扎，他硬是衝上月台，

嘉明好擔心。

此時火車速度不斷加快，那個人想衝上車廂，月台上的副站長立刻吹哨子制止，並將他拉住，他憤怒地咆哮著。嘉明轉過頭去，不想被他發現，火車越跑越快，終於鬆了一口氣。

「弟弟，窗戶能不能關小一點？」旁邊的小姐說。

「哦！」

火車開得很快，夜風大量灌進窗口。他站起身來，用力拉下玻璃車窗，車窗

無動於衷。小姐也站起身來幫忙，兩個人合力，終於把車窗拉下來。
「這個車廂太舊了，窗戶快被卡死了。」小姐抱怨著。
「哦！」
「弟弟，你坐到哪裡？」
「高雄。」
「我坐到台南，車子到台南以前，記得叫我。」
「喔……好吧！」嘉明不知如何拒絕陌生人，只好答應了。自己坐到終點站，本來可以在車上放心的睡一覺，為了叫她，我豈不整夜不要睡？萬一不小心睡過頭怎麼辦？他越想越焦慮，兩道眉毛快擠在一塊了。
「弟弟，你好像很緊張喲，第一次搭火車嗎？」
嘉明搖搖頭。
「第一次單獨搭火車？」
嘉明點點頭。

那小姐笑著說：「我第一次沒有大人帶自己搭火車，是在國小六年級，從基隆搭火車到宜蘭外婆家，八堵要換車，而且還帶一個讀小三的妹妹。哈！我媽媽膽子真夠大，還好，我也沒漏氣。」

嘉明靦腆地笑著，心中想說：我焦慮的是妳的事，妳倒說我緊張。到高雄沒問題，坐到終點站，火車不再繼續開了，不擔心睡過頭。妳坐到台南，自己不帶鬧鐘，要我這未成年小孩叫，未免太過分了吧？

搭火車沒什麼問題，到了高雄以後問題才大呢！嘉明沒有姨媽家的住址，只記得她家住在愛河附近，擺攤子在賣紅茶，小學時媽媽帶他去過一次，住了將近一個星期，如今不知道能不能找到？

到了台北站，月台上擠滿擁擠的旅客和穿梭在人群間的小販，已經是午夜了，還有那麼多人要搭車？車子停穩後，一下子湧上許多旅客來，把中間走道擠得滿滿的，要上個廁所都很難。本來十分安靜的車廂，變得十分吵雜，大嗓門的說話聲，小嬰兒的啼哭聲，車廂裡像是菜市場。

嘉明眼睛大大的瞪著天花板，沒有一點睡意，旁邊那位小姐已經睡得聽到鼾聲了。天花板上一排電風扇，吃力地旋轉著，遠處一盞日光燈閃閃爍爍。火車轟隆轟隆地行駛，車窗外夜色正濃，夜幕籠罩著大地，把大地變成黑暗的世界。偶爾月亮掙脫烏雲的糾纏，灑下一些光華來，才看得到大地模糊的身影。

過了中壢站不久，列車長來查票了。

「驗票！驗票！」

列車長大嗓門喊著，他用力把熟睡的乘客搖醒。嘉明輕輕推著隔壁的小姐，見她睡得好熟，嘴巴張得開開的，嘴邊一滴口水快要流出來。

那位小姐無動於衷，眼看列車長快查到這邊來了，他只好大力搖醒她。她於睡夢中猛然驚醒，看看四周，才慢慢找出車票來。

列車長驗完車票後，她閉上眼睛，又繼續進入夢鄉。嘉明心事重重，雖有一些睡意，滿腦子意念紛飛，把睡意統統趕走。

車子過了新竹，過了台中，旅客漸漸少了，車廂內的講話聲較少了，不過走道上、車廂門邊，到處都有坐在地上的人。一趟夜車，從基隆到高雄要跑十個鐘頭以上，誰有那個能耐站那麼久？何況是半夜。嘉明慶幸著有座位，五堵那個小站上車的人不多，車上還有少許的空位，到了汐止站，每個車廂都有人站著。

到了台南，他對旁邊的小姐低聲叫了幾聲，看她無動於衷，只好搖搖她的手臂，這才醒過來。

「小姐，台南到了。」

「台南到了？不早點叫。」

她匆匆忙忙起身，拿了行李，快步走下車去。

他越想越氣，連一聲謝謝都沒有，還怪他不早點叫。為了叫她，他一路提心吊膽的，怕睡過了頭，而她自己卻睡得像一頭死豬。

好不容易到了高雄站，已經是八點多了，一夜未眠，坐得又不夠寬敞，不夠舒服，他不但感到愛睏，而且全身筋骨痠痛。

走出車站，迎接他的是燦爛刺眼的陽光。

【註一】異級票：一張車票上記載著兩段不同等級的火車票，例如：五堵站到汐止站是普通票，汐止站到台北站是莒光號。在火車售票尚未電腦化的時代，異級票是用手寫的薄紙票。

第二章

陽光燦爛的城市

這個城市看起來很陌生，雖然曾經來過，但那是好幾年前的事了。

火車站右前方，寫著幾個大大的字「高雄市公車站」，嘉明走到那裡逛一逛，大概不是假日吧！乘客寥寥無幾。他抬起頭來看，看板上的路線圖、停靠站看起來很複雜，仰著頭十分鐘，看得眼花撩亂，於是向服務台的小姐詢問。

「請問，如何去愛河？」

「你搭乘一路車，到市政府站下車，市政府旁邊就是愛河了。」

「哦！謝謝！」

正要離開，小姐又問：「你要到愛河的什麼地方？愛河很長啊。」

「我……也不知道。」嘉明搔搔頭。

「不知道？那我也沒辦法幫你。」那位小姐又問：「你去愛河幹嘛？」

「找人。」

「有沒有住址？」

嘉明搖搖頭。

「有沒有電話？」

嘉明又搖搖頭。

「這怎麼找？簡直……大海撈針。」

嘉明躊躇不決，轉頭看後面排了三、四個人，只好黯然離開服務台。買了一張車票，先搭到市政府站再說。

一路公車很快來了，他上了車。車子搖搖晃晃，他緊緊抓住欄杆，心中忐忑不安，唯恐坐過了站。

到了市政府站，下了車，一棟高大巍峨的建築映入眼簾，屋頂是金黃色的琉璃瓦，看起來古色古香的。大門口人群熙熙攘攘，十分熱鬧。

依稀有一些模糊的印象，那時候年紀小，表哥、表姊帶著他到處玩，鑽過許多大街小巷，這棟古色古香的建築外觀比較特殊，所以留有一些印象。

應該就在附近了。

高雄三月天的太陽，比五堵夏天的太陽還要毒，還要辣，他的腳步越來越沉重，每條巷子都差不多，怎麼找不到姨媽的家？口乾舌燥，肚子又咕嚕咕嚕叫，口袋裡只剩下二十幾塊錢，不敢亂花，只好忍耐了。

老天爺，不要讓我中暑暈倒，他心中暗自祈禱。走在騎樓下，免得在太陽下曝曬，經過一家麵包店，香味四溢，勾起他的食慾來，他摸摸口袋裡的硬幣，快步離開那個地方。

信步走到一個公園裡休息，望著藍藍的天空、遠處的壽山，一個人胡思亂想。突然一陣恐懼感襲上身來，萬一找不到姨媽，我要怎麼辦？回到五堵的家去？還是在高雄繼續流浪？回家或流浪，身上沒有錢，我的下一步該怎麼辦？

剛才在愛河邊來回走了幾趟，常聽說戀愛中的人喜歡在愛河邊談情說愛，失戀的人更是喜歡跳愛河自殺，離開這個世界的最後一刻，也要挑選一個羅曼蒂克的地方。我走投無路的時候，或許可以選擇這樣的一條路，閉上雙眼跳下去，一勞永逸，不再為這世間的瑣事操心了。

選擇跳愛河，大概很快可以和媽媽相會吧？媽媽，妳為什麼不肯到我的夢裡來？妳忘了世間還有一個兒子嗎？

嘉明的淚水流下來，他不願去擦掉，任它流滿面。

看看手錶，下午三點多了，陽光稍稍收斂了，他起身再度去尋找姨媽。

走了幾條街，看到一座廟宇，他走進去瀏覽，看到正殿上方幾尊黑黑小小的神明，四周香煙裊繞。他恭敬地合掌，對著神明喃喃自語：「神明，請幫我找到姨媽，我……已經沒有……退路了……」

說完了，他抬頭一看，所有的神明都對著他微笑。

他看到入口處有奉茶，口乾舌燥的他倒了一杯，喝入嘴裡，頓時感覺全身舒暢，於是又喝了第二杯、第三杯。

離開了寺廟，精神好多了，他重新升起一股意志力，心情不再鬱悶沮喪。走過幾條街道和巷子，下午的人潮漸漸多了，擺攤的人也多了，不像早上那麼蕭條冷清。

走過幾條巷子，忽然眼睛一亮，那個賣香菸、檳榔的婦人不就是姨媽？走近看個仔細，是姨媽沒錯。

「姨媽！」嘉明大喊。

那個女人愣了一下。

「姨媽，是我啦！我是嘉明啦！」他熱淚盈眶。

姨媽露出驚訝的神情，張開雙手來，嘉明立刻衝過去，把姨媽抱得緊緊的。他的個頭比姨媽還高，卻像小孩子似的，把頭埋在姨媽豐滿的胸部裡。

過了好一會兒，嘉明才放手。姨媽看他滿臉淚痕，心中萬般不捨。

「嘉明，我真的認不出你來，上次看到你時，是讀國小二年級，現在讀幾年級？」

「國中二年級。」

「時間過得好快，以前你是個小不點。」姨媽用懷疑的眼神看著他：「你不上學了？」

「不！」剛說出口，淚水又忍不住奪眶而出。

「為什麼？」

「我再也不想回到那個家。」嘉明把頭埋到姨媽的懷裡。

姨媽撫摸他的頭，嘆了一口氣說：「唉！嘉明……」

家家有本難唸的經，她不知如何安慰起。自己家裡一本經已經夠難唸了，別人家的事只能說心有餘而力不足。

等到嘉明哭夠了，抬起了頭，她拿出手帕為他擦乾眼淚，一張清秀的臉，哭得像個女生似的，她好心疼。

「不上學，你能做什麼？」

「我要去做工，吃什麼苦我都願意。」

姨媽打量他的身體，瘦瘦扁扁的，像是發育不夠好的樣子。「你長這麼瘦，不是做工的料，還是回去好好讀書，以後坐辦公桌。你是文身，不是武身。」

「我可以每天鍛鍊，練出胸肌、腹肌來，看誰還說我不是做工的料？」

「嘉明，我和你姨丈都是書讀得不多，只好做一些低層的工作，要是我會讀書，學歷高，誰要在這裡賣香菸、賣飲料？」

「可是……我不想念書，想靠自己雙手去賺錢。」

「你年紀還小，這個年紀的小孩應該生活無憂無慮的，每天操心的應該只有讀書和考試，賺錢的事不該你操心。」

「我這次出來，早就下定決心，不再踏進那個家一步。」

「有那麼嚴重嗎？」

「嗚……」他抽抽噎噎的哭起來。

※　　　※　　　※

從小家中就只有她們兩姊妹，所以感情特別好。妹妹在高雄加工區當女工，愛上工廠的領班，兩個人結了婚。孩子生下來不久，遇上經濟不景氣，工廠大裁員，夫妻兩人都失業了。在家待了幾個月，換了幾個工作都不滿意，朋友慫恿妹婿到五堵當礦工，雖然危險性高，但是工資比一般作業員高出許多。受到金錢的誘惑，小夫妻決定搬到五堵居住。

住了幾年，一次礦坑大爆炸，死了數十個男人，好在妹婿逃過一劫，不在死亡名單上。但是不久卻傳出妹妹罹患乳癌的消息，她帶著三個小蘿蔔頭北上去看她，她乳房切除後精神還好，看不出病態來，沒想到一年後病情復發，很快就走了。

在喪禮上，看到姪子小不點哭得唏哩嘩啦，自己也忍不住涕淚縱橫。父母親都不在了，最親的妹妹又走了，心中的悲痛難以言喻。

大約一年前，嘉明的爸爸又結婚了，對象是一個離過婚的女人，還外帶一個小女兒嫁過來。這場婚事人家稱之喜事，她心中暗覺不妙，自古以來，能扮演好後母角色的人不多，小不點尚未長大成人，恐怕得面臨一個新的局勢。

她沒去參加婚禮，只有寄了紅包聊表賀意，心裡頭著實為那個姪子小不點擔心。

「好了！好了！別哭了。」她又拿出手帕為他擦眼淚。「你中午吃了沒？」

他搖搖頭。

「可憐的孩子，餓壞了哦？」

他點點頭。被姨媽一提，肚子真的咕嚕咕嚕叫，搭夜車一夜沒睡，身上剩下二十幾塊錢，不敢隨便買東西吃，真是又累又餓。

「你幫我看攤子，我去買東西給你吃，你喜歡吃什麼東西？」

「隨便。」

望著姨媽離開的背影，嘉明像是溺水的人找到一根浮木。她知道姨媽和媽媽的感情特別好，來投靠她一定不會被拒絕。

「喂！少年仔，來一包長壽的。」一個嚼著檳榔，穿著邋遢外套，腳踩著藍

業檳榔
榔

白拖鞋的中年漢子對嘉明說。

「長壽菸……一包多少錢？」嘉明訥訥地說。

「奇怪呢！是你在賣，還是我在賣？」

中年漢子張開血盆大口，逼近嘉明的鼻尖，嘉明聞到一股好難聞的口臭和煙臭。

「我……是替我姨媽顧一下店。」

「那個老查某是你姨媽喔？來，一包長壽十塊錢。」

「有那麼便宜？」嘉明疑惑著。

「她是我的老相好，都是隨便算的啦！」

他大刺刺地從玻璃櫥窗拿取一包香菸，放下一個十元硬幣。

「小弟，我那個老相好的回來，告訴她一聲，我在想她。」

嘉明站在攤子前面，恨恨地看著那個男人離去，心裡感到不舒服，比起五堵那些礦工還沒水準。

姨媽回來了，手上提著一個塑膠袋，裡頭是三個熱呼呼的肉包。

「嘉明，快吃！餓壞了哦！」

嘉明拿起一粒肉包，大口塞進嘴巴裡，狼吞虎嚥的吃。

「對了！姨媽，剛才有個人來買長壽菸，我不知道價錢，他說一包十塊錢，丟了十塊錢就拿走一包菸。」

「夭壽喔！連小孩子都要騙，一包十八元。」

「他還說是妳的老相好。」

「唉唷！這些男人嘴巴跟愛河的水一樣，又髒又臭。他長什麼樣子？改天被我碰到一定要討回來。」姨媽氣憤地說。

「他呀！一頭捲髮，滿臉橫肉，穿一件舊外套，不太高，壯壯的。」嘉明說。

「我知道了，那個死阿宏，下次被我遇到了就該死。」姨媽握緊拳頭，面露凶相。「對付這些人，不兇不行。」

嘉明看到另一個不一樣的姨媽，為了生存，為了對抗四周的惡霸，他心目中慈祥的姨媽，也有剛強勇悍的一面。

吃完了肉包，肚子不餓了，心情放輕鬆了。姨媽問他：「家裡發生什麼事情？」

「昨天傍晚，爸爸發現要繳房租的一千塊錢不見了，十分震怒，我知道是怡君拿的，怡君就是阿姨的女兒，讀四年級，她品行很差，可是嘴巴很甜，再加上阿姨護著她，所以膽大妄為。阿姨為了掩護她，就說前天有看到我去開抽屜，爸爸不分青紅皂白拿棍子打我。」

「唉！你爸爸是好人，娶了那樣的女人，難免也會變了樣。」

收了攤，姨媽帶著嘉明慢慢走回家。姨媽的家是在陰暗狹窄的巷子裡，不夠寬敞的二樓違章建築，

進了客廳，姨媽放下手上的東西，對嘉明說：「來，姨媽看看你的傷勢。」

嘉明害羞著，不好意思掀開衣服。

「害羞什麼？這裡只有我們兩個人。」

過。

她掀起嘉明的外衣和內衣來，看到背上兩條怵目驚心的血痕，心中萬分難

「我幫你擦藥，不過擦藥前先去洗澡，我看你今天身體夠髒了，不洗不行。」

「嗯！」

「有沒有帶換洗的衣褲？」

「有。」

他從行李袋裡拿出了衣服、褲子和毛巾，走進浴室。

「你這個樣子，不能泡澡，也不能沖澡，只能用擦的，要不要我幫忙？」

「好。」嘉明低聲說。

姨媽為他脫去外衣，脫去內衣，露出瘦骨嶙峋的上身。她看了真不忍心，正在發育中的少年，營養不良似的，好像從難民營裡逃出來的小孩。

她再為他脫去外褲，脫去內褲，發現姪兒已經在成長中。

「嘉明長大了，不再是小孩子了。」

嘉明害羞地轉過頭去。

姨媽先為他洗頭，洗好後小心翼翼地用溫水擦身，偶爾不小心濕毛巾擦到傷口，他會露出痛苦的表情。

洗完澡，擦好藥，換上衣褲，他的神情煥然一新。

「嘉明，我知道你在那個家是住不下去了，我這裡也差不多啦！三個孩子都不想回來這裡住。老大在台中做工，老二在金門當兵，老三小玲在台南讀書，大家都不想回到這個家。你姨丈……唉！愛喝酒，愛打牌，沒喝酒時還人模人樣，喝了酒就變了一個人。」

嘉明低頭不語，心中十分掙扎，這裡若是不能收容他，他將無後退之地。

「我們這裡是高雄最黑暗的風化區，每天從下午以後就開始進入不平靜的世界，到了晚上、半夜更糟糕，在這裡會看到很多社會黑暗面，你們這種純潔的少年，最好不要住在這種地方，偶爾來找姨媽還沒關係。」

「古代孟母有三遷，為什麼你們……不想遷？」

「不是我不想遷，是你姨丈不想遷。當年來這裡租屋，貪圖租金便宜，地點方便，後來色情場所越來越多，環境越來越複雜，我想搬家，你姨丈不肯，他說住習慣了，到別的地方住不習慣。」

「這……」

「在這種地方，要學壞很快，要保持清純很難，所以小孩子少來這種地方。有些人，你不去惹他，他一樣會來惹你，住久了很快同流合汙，像你姨丈，其實心地還不錯，可是壞習慣還真不少，都是這群牛鬼神蛇的朋友教的。」

「那……妳為什麼甘心在這裡住那麼久？」

「唉！嫁雞隨雞，嫁狗隨狗。活在這個世間，不是你想怎樣就怎樣，譬如說我想當貴夫人，每天穿金戴銀，出入高貴場所，你說行嗎？不是每個人都有那個命。」

嘉明低著頭。

「姨媽和姨父書都讀得不多，工作沒得選擇。你還小，要好好讀書，不要像我們一樣，一輩子都沒辦法翻身。」

「姨媽，我不想要有什麼大成就，只想要趕快自食其力，靠自己的一雙手去賺錢。」

「不行啦！沒有好學歷，一輩子只有做工的份。我那三個孩子，我要求他們至少要讀到高中或高職，你連國中都沒畢業，不行啦。」

「我以後再去半工半讀，讀夜間部。」

「現在都不想讀了，以後還會去讀，騙誰？」

嘉明思緒十分紛亂，姨媽不能助他一臂之力，還有誰能幫助他？未來將何去何從？廣袤世界，竟無立足之地，他心中真痛！

門外有人喊著：「阿枝仔！妳的電話。」

「來了！來了！」姨媽回應了一下。

「嘉明，我去接個電話，一定是孩子打電話回來。」

「哦！」

姨媽快步離開，免得孩子的電話費增加。看看姨媽家的房子，家裡的用品，就知道她家過得很拮据，房子還是租來的，只圖這裡租金便宜。現在家有電話很普遍了，她還捨不得裝一支，要借用隔壁鄰居的。

一通電話頂多三分鐘、五分鐘吧！嘉明看看手錶，二十分鐘，三十分鐘過去了，還看不到她的人影。他在窄小的客廳裡踱來踱去，心中五味雜陳。

突然，一個男人搖搖晃晃闖進來，大喊：「你是誰？怎麼會在我家？」

嘉明嚇一跳，這個男人臉上紅通通，嘴巴吐出濃濃的酒精味，仔細一看，正是姨丈。

「姨丈，我是嘉明啦！」

「不要騙我，嘉明長得……小小的，人家叫他……小不點。呃……」姨丈彎著腰，身體站不直來，講話講不清楚，不斷地打嗝。

「姨丈，真的是我啦！你很久沒看到我了。」

「你亂說，上次你媽媽出殯……我還有去，你才一點點大。」姨丈張開大拇

指和食指，誇張地比劃著。

「我媽媽出殯很久了，那時候我讀小二，現在讀國二，剛好六年。」

「亂說，我記得……是去年的事。」

姨丈身體顛顛晃晃站不穩，嘉明扶他坐下來，他身上很濃很臭的酒味，嘉明摀住鼻子。

「嘉明，學校……放暑假了？」

「還……沒有。」

「沒有？沒放假就……翹課到……高雄來玩喔？好！小子……有種。呃……咕嚕咕嚕呃……」姨丈一副要吐的模樣，嘉明慌了手腳，不知道該怎麼辦。

「姨丈，我扶你去廁所吐，好不好？」

「誰說……我要吐？我……好得很，現在去運動場……跑十圈都……沒問題。」

姨丈講話很吃力，可是嘴巴又講不停。

「呃……呃……」

姨丈一個打嗝，肚子裡的東西一下子全湧出來，吐得滿地，他的身上也沾滿穢物。嘉明還好眼明腳快，立刻閃躲。面對眼前滿目瘡痍、臭氣薰天，他不知該怎麼辦？姨媽去隔壁接個電話超過一小時了，一定是和隔壁的歐巴桑在聊天，兩個女人在一起聊八卦可以聊一整天，買菜煮飯的事都可以丟著不管。

嘉明正想去隔壁叫姨媽回來，走出門口就看到姨媽眉頭深鎖，低著頭走回家。

「姨媽！快！快回來。」

「什麼事？」

姨媽跨進門口，看到家中彷彿歷經浩劫，馬上變成一個嘮叨的女人。

「唉唷！夭壽喔！每次出去喝酒就要喝成這個樣子，人不像人，鬼不像鬼。沒喝會死呀？喝了又吐出來，你今晚白喝了。」

「查某人就愛……碎碎唸，男人喝個酒……就不爽，難道妳要我去……殺人、放火、搶銀行，這樣妳才高興？」

「你衣服換下來，趕快去洗個澡，洗完澡後趕快去睡覺，不要在那裡丟人現眼。」

「好啦！好啦！妳去……幫我找衣服啦。」

姨媽去幫姨丈找內衣褲，嘴巴還唸著：「都是上輩子欠你的，真夠倒楣……」

姨丈用不到三分鐘的時間洗完澡，換上乾淨的衣褲，躺到床上呼呼大睡。姨媽拿著拖把，慢慢處理善後，地上的穢物真難聞，嘉明掩著鼻子，站得遠遠的。他真佩服姨媽，那麼髒、那麼臭的嘔吐物，她照樣去處理，眉頭都沒皺一下，不曾考慮拒絕，就是那樣逆來順受，很認分的去做。

整理好了，姨媽鬆了一口氣。

「嘉明，剛才是你爸爸打電話來。」

嘉明心裡瞿然一驚。

「我和他談了很久，他希望你繼續讀書，不希望你國中沒畢業就出來工作。他說你瘦巴巴的，不是做工的料，現在不繼續讀書，以後會後悔的。」

「我……才不會後悔。」

「你爸爸說，你在學校的成績很好，都保持前三名，他對你充滿信心，一定可以考上大學，不用像他一輩子當礦工。」

「我以後要做什麼工作，跟他沒關係，他又不會幫我做。」他賭氣地說，心中充滿了怨恨。

「唉！不要講那種賭氣的話，父子血緣關係不是隨便可以切割掉的。這次他打你，他說他很後悔，男人有時候比較衝動，沒辦法克制自己的情緒。你看看你姨丈，平常還算像個人，喝了酒以後完全變了樣，常常會打孩子和打我，所以孩子都往外跑，不喜歡回來住。」

「……」

「我也想過留你在高雄讀書，可是我住的地方太複雜，龍蛇雜處，不適合小孩子。還有，你姨丈喝醉酒後，常會拿棍子打人，我自身難保，沒辦法保護你。如果回到家裡，我要求你爸爸不准再對你動粗，他答應了，保證不再打你。」

「就像妳剛才講的，男人有時候比較衝動，沒辦法克制自己的情緒，尤其是旁邊有人在搧風點火時，那時候，什麼保證都沒有用。」

「哪個小孩沒被父母親打過？你爸爸算是很不錯的男人，很少在打孩子。我小時候家裡兄弟姊妹多，爸媽都是用鞭子修理，否則管不動。我三個孩子讀國小、國中時，也曾被我打過，為了什麼事情我也忘了，被你姨丈打的次數更多。當然啦！孩子越大，越是不能用打的，要用嘴巴去溝通。」

「姨媽，妳要是來當我媽媽，那該多好？」

「傻孩子！姨媽永遠把你當成自己的孩子，但是，在這件事情上，你爸爸出面了，我不得不讓步。不管從法律上，還是從人情世故來說，我都不能強過你爸爸。你還沒成年，沒有權利決定自己要跟誰生活，世間的事情很多都是很無奈的。」

嘉明低頭不語，心裡頭亂糟糟，像是搞得亂七八糟的毛線球，剪不斷，理還亂。

「你爸爸本來說今天晚上搭夜車來，明天一早接你回北部，我說等等吧！讓你多待一天，後天再來接你回去，他答應了。大家都在氣頭上，需要時間來緩衝一下。」

夜晚，嘉明在床上輾轉難眠，思緒仍然起伏不定，腦子裡很難平靜。考慮半夜再溜走，可是要逃到哪裡？跳愛河吧！跳下去之後一切事情都解決了，可是，那必須要有很大的勇氣。翻來覆去，不知何時睡著了，待他睜開眼睛，已經日上三竿了。

這天，經過姨媽再三安撫，他的心情已經平復多了。姨媽告訴他，人生就是要學著去適應四周不喜歡的人。沒有一個人的人生是十全十美的，有些人的生活看起來十分美滿，也許有許多不為人知的痛苦。

第三天早上，嘉明的爸爸就出現在姨媽家，姨媽低聲和他談了很多話，他唯唯諾諾。

休息片刻，嘉明的爸爸說要走了，姨媽叫嘉明收拾好行李，跟著爸爸回家。

父子兩人從去搭公車，到換乘火車，一路上都默默無語。

第三章

跳車的高中生

清晨的陽光，灑落在月台上。一隻鴿子在晨光下盤旋，最後選擇飛落在車站旁的柵欄上。站穩後，牠一動也不動，像是一個雕像，只有兩顆眼珠望著月台上的旅客。

剪票員戴上藍色的大盤帽，走向剪票口。木製的柵門一打開，旅客爭先恐後的湧到月台上，有穿著學生制服的國中生、高中生，有趕著去台北、基隆上班的上班族，大家都是行色匆匆，腳步匆忙。

「嗶……」

嘹亮的哨子聲，傳入清晨的天空。兩個國中生在月台上奔跑追逐，嚮導員（註二）猛吹哨子制止，他們裝作沒看見，一樣在人群中鑽來鑽去。

老站長在大鏡子前面整裝戴冠，撥正領帶，從容不迫地拿起桌上的紅綠雙色旗緩緩的走上月台。他看到那兩個在奔跑的國中生，用嚴峻的眼光瞪他們一下，他們立刻停止遊戲。

「嗶……」

這次是站長吹的哨子，他揮動手中的號誌旗，叫旅客退到黃線以內，以免發生危險。他的眼角餘光看到南下列車的車頭出現，北上的列車在另一個方向出現，兩趟列車在這裡交會。

五堵是個小站，只有停普通車，高級列車都是呼嘯而過，不曾停過。一天之中，只有上下班的時刻看到人潮擁擠，其他時間都是冷冷清清。

南下列車進站了，他瀟灑地向司機員揮手致意，司機員回報他一個燦爛的笑容和揮動的手勢。北上列車進站了，他一樣向司機員揮手，回應仍是揮手打招呼。每天上班和司機員、列車長打招呼，不計其數，也不厭其煩，看到這些同事堅守在自己的工作崗位上，心中只有讚美和佩服。

下車的旅客比較少，上車的旅客比較多，剎那間月台上的人剩下不多了。

「鈴……」

刺耳的鈴聲，催促著旅客趕快上車。

鈴聲停止，他用號誌旗向列車長、司機員畫大圈圈，表示月台上的旅客都完畢了事，然後他按下開車燈信號，火車緩緩開動了。

月台上只剩下老站長和嚮導員，兩趟列車都開動了，車廂十分擁擠，許多學生都站在車廂門口，有的人故意做出危險動作，嚮導員對那些學生吼叫著，學生對他扮鬼臉。

「唉！這些學生，都喜歡站在門口……」嚮導員對站長說。

「沒辦法，少年郎講都講不聽。」

兩趟列車速度都不快，忽然聽到「碰！」一聲，兩個人的眼睛同時轉向聲響處。一看，是一個高中生跳車，跳到月台後跟著車子跑了幾步，竟然沒有跌倒。

他頭頂上剃個大光頭，在陽光下閃閃發光，白襯衫拉到褲子外頭，卡其褲修改成上窄下寬的喇叭褲，一個白書包甩呀甩的，裡面的東西可能比小學生還少，走起路來故意晃呀晃的。

「祁國棟！又是你！」

「站長大人，你放心啦！我跳車的技術越來越好了。」祁國棟嘻皮笑臉說著。「聽說鐵路局考試第一關就是要考跳車？那我一定通過，剛才那種速度，不是每一個鐵路人都敢跳。」

「少說廢話，等下到站長室來。」

「為什麼？我快遲到了，遲到算你的喔！」

「我不管你遲到不遲到，你就是到站長室來。」

祁國棟從口袋裡拿出一張月票來。「我沒逃票，有買月票耶。」

「小鬼，你跳車就是不對。」旅客嚮導員說。

「我又不是故意的，剛剛尿急上廁所，出來時看到五堵開車了，再不跳車坐到下一站，我今天又要被記遲到。」

「你為什麼早不上，晚不上，車子快到五堵你才上廁所？」站務員阿德問。

「我基隆上車，沒有感到尿急啊，過了七堵感到尿急，偏偏廁所裡有人，等她出來……」他理直氣壯地說。

「阿德，不要和他囉嗦，他不來的話，叫鐵路警察來處理。」

祁國棟眼看局勢不妙，立刻收起笑臉，向站長哀求說：「站長大人，你饒了我吧！」

站長臉色鐵青，一副不容妥協的模樣，祁國棟跟在他後面走，亦步亦趨。

「站長大人，我已經有兩個乾爹，能不能再認你做乾爹？我真的不在乎多一個乾爹，那兩個都是我爸爸幫我找的，我不是很喜歡。」祁國棟小聲地說。

「我沒那麼倒楣，多一個你這種乾兒子，起碼少活十年。」站長嚴峻地說。

走到辦公室，大家都對這兩個人投以好奇的眼光。站長坐到椅子上，登記那兩趟列車的時刻。

辦完公事，站長轉過身來，問祁國棟：「你認為我該如何處理，你才能改掉愛跳車的毛病？」

「大人，我下次不敢了。」

「還會有下次？」

「上次罰寫『我不再跳車』五百遍，你還是不改，今天……」老站長思考片刻，就想到一個方法了。「你去站在國父遺像前，大聲喊『我不再跳車』一個鐘頭，喊不夠大聲再加一個鐘頭。」

「站長，那我不就像……一個瘋子？」祁國棟驚訝地說著。

「差不多啦！你在跳車的樣子就像是不要命的瘋子。」

「站長大人，欠著吧！我放學後再來……」

「少囉嗦！不去站好再加一個小時。」

祁國棟乖乖去站在國父遺像前，一副欲哭無淚的表情。

「還不開始唸？」

祁國棟看著站長那冷漠嚴肅的表情，只好大聲唸：「我不再跳車，我不再跳車……」

站長抬起頭來看看牆壁上的時鐘，七點五十分，快要交班了，趕緊到桌子上收拾自己的東西，還沒收拾好，就看到林副站長笑容可掬地走進來。

「站長早！」

「早！」

「這……」林副座望著面壁大喊的祁國棟。

「喔！這小子講不聽，今天又跳車，我罰他面壁和喊話，到八點三十分才能放他走。」

「喔！」

林副站長走進寢室著裝，打上領帶，穿上深藍色的西裝外套，拿好帽子、哨子等上班必備用具，站長則快速卸裝，搭乘八點十分的火車下班，他家住在台北，每天搭火車上下班。

八點十分的下行列車開走了，林副站長從月台走進辦公室，看到祁國棟站得筆直，口中還喊著：「我不再跳車，我不再跳車……」

林副站長走過去，拍拍他的肩膀說：「好了！快去上學吧！」

祁國棟停止喊了，他轉過頭來，臉上淚眼模糊。

「這個死站長，給我記住……」他啜泣著。

「站長也是為了你好，跳車真的很危險，去年八堵站有一個員工調車時跳車摔斷腿，基隆站曾經跳車摔死人。」

「我的運氣沒那麼差。」

「他是為了你好，聽說你是幾代單傳……」林副站長說：「去上學吧！人家開始上課了。」

「急什麼？反正已經遲到了，遲到五分鐘是遲到，遲到一個鐘頭也是遲到。」

「呸！改天老子當了鐵路局長，一定叫這隻老猴跪在我前面，跪一個鐘頭。」祁國棟憤憤地說。站長姓侯，年紀很老了，所以背後很多人都叫他「老猴」，當然，在他面前沒有人敢這麼大膽。

「萬一……一萬次中一次失手，你就完蛋了。」阿義說。

「呸！呸！你真是烏鴉嘴，我沒那麼倒楣。憑我矯捷俐落的身手，看那隻老猴敢不敢跟我單挑跳車？」

「這不公平，他六十幾歲了，你才十幾歲，你到他這把年紀，搞不好要拄枴杖走路。」

「祁國棟，你要老猴跪在你前面，你要快喔！他只剩下半年多就要退休了，退休的人最大，連總統都喊不動他。」進興說。

「這……算他好狗運，下輩子被我遇到了，可沒那麼好過日子，我要天天整他整個痛快。」祁國棟撇撇嘴，露出不屑的神情。

「下輩子？下輩子的事下輩子再說吧！」林副站長說。

祁國棟把書包拿在手中甩呀甩的，跨著大踏步走出辦公室。

林副站長專心在看電報，電報的字體很小，其中公告許多重要的行車事項，若是疏忽其中一小項，都可能造成嚴重的錯誤。

※　※　※

「副站長好！」

一個宏亮的聲音傳來，林副站長抬起頭來看，是老羅來了。

老羅是五堵站的退休員工，以前擔任剪票兼調車工作。他家住八堵，每個星期會撥個兩、三天來當義工。到了車站來，他先向每一個員工打招呼，熱情地寒暄問好，然後到儲藏室拿出一把竹掃把來，逕自到車站前面掃地。

車站前面一棵高大的苦楝樹，陽光透過樹葉，篩落了一地，也照在老羅的身上。他彎著腰掃地，看到進出車站的旅客就大聲喊：「你好！歡迎光臨。」

掃了大約二十分鐘，結束了工作，他額頭汗涔涔，上衣滿是汗漬。收拾好工具，走到辦公室休息。

林副站長看到他進來，趕緊起身倒了一大杯茶水遞給他。

「老羅，喝茶。」

「副站長，我自己來，怎麼可以麻煩長官？」

「老羅，我不是你長官，你是五堵站的貴賓，來者是客，歡迎你常回娘家。」

「謝謝副座。」

「老羅啊！你的氣色很好，身體很硬朗，今年多大了？」林副站長說。

「七十八歲了。」老羅笑瞇瞇地說。「我啊！天生勞碌命，叫我天天在家裡看電視，我不幹。人啊！要活就要動，要是不想動，一些病痛就會找上你了。」

「是啊！」

「我退休十幾年了，回到這裡，就像回到自己的家。我十六歲就進鐵路局當臨時工，那時候的站長都是日本人，我在五堵站工作了三十九年，對這裡的一草一木都有很深很深的感情。」

「哇！你真是五堵之寶。」

「五堵車站的工作，除了站長、副站長的工作我不會，其他的工作我都很熟，不管是賣票、剪票、調車，保養轉轍器等，都難不倒我。」

阿義從站房走過來，對老羅打招呼：「前輩，很高興見到你。」

「阿義，你兒子今年要考大學了？」

「是啊，他在學校成績普通普通，不知道能不能考上大學？去年考不上，今年重考，再考不上就要去當兵了。」

「時間過得真快，阿義來五堵站報到時，還沒結婚，轉眼之間兒子要考大學了。」

「副座，我第一天來五堵站報到時，就是跟前輩見習，從他身上學到很多東西。」阿義說。

「一日為師，終身為父，他是你終身的師父。」進興說。

「當然。」

「不敢當，不敢當。這裡像一個大家庭，大家一起生活，一起學習。」老羅謙虛地說。

有人來買票，進興立刻跑到隔壁的售票房。

老羅連喝兩大杯茶水，大呼過癮。

副站長辦公桌前面有一座大型控制盤（註三），上面顯示著站內各股道的情況。這時，急促的接近電鈴響起，副站長走過去，按下按鈕，吵人的聲音戛然停止。

接近電鈴響起，表示有火車接近。

「老羅，你在這裡休息一下，我去工作。這趟列車是觀光號，我出去做列車監視。（註四）」

「副站長，你去忙你的事，不用操心我。」

副站長戴上大盤帽，走到站房外面，雖然不停車，仍然要做列車監視。不久，耳畔就傳來火車快速疾行的聲音。一列下行的觀光列車冒出了頭，行到車站中央時，林副站長舉起手來行舉手禮，司機回個禮，列車以最快的速度呼嘯而過。

一直到列車尾巴出站了，他才慢慢走回辦公室。

「聽說觀光號快要停止了？」老羅問。

「嗯，日期還沒確定。」

「很可惜，這是鐵路局最高級的火車。」

「不會可惜，因為要推出一種更高級的車廂，舊的不去，新的不來。」

「新的列車叫做什麼號？」

「不清楚，上級還沒有定案。」

「清朝劉銘傳將火車取名『騰雲號』、『御風號』，這些名字聽起來就像是騰雲駕霧的感覺，清朝時代，火車和其他交通工具比較起來，真的快很多，真的有騰雲駕霧的感覺。」

「英國鐵路之父史蒂芬生發明世界第一輛火車，取名叫『火箭號』，現代可取名叫『太空梭號』。」

「自從前幾年退出聯合國後，國家動盪不安，所以名字可能取作奮發圖強、自立自強。」

「莊敬自強、處變不驚，還有，風雨生信心……」進興說。

「風雨生信心號？這名字不會太長？」老羅說。

「不會啦！外國很多念起來十幾個字，他們都不嫌長。」進興說。

林副站長眼觀四方，耳聽八方，突然眼角瞟見月台上有人。他立刻走到門口，用力吹起哨子，只要上班時間，他的哨子永遠掛在胸前，以備不時之需。

那個人轉過頭來，看了一下，沒有要離開的意思。

「又是那個空仔。」進興說。

「在月台上總是有危險，萬一火車通過時，他被捲進車輪下，我就報告寫不完，還要常跑法院。」

這個空仔經常出現在火車站附近，長得高高瘦瘦，身高將近一米八，皮膚白皙，常常穿著短褲，兩條腿又細又長。他看起來大約十幾歲，臉上還帶著稚氣，常背著一個細細長長的小袋子，手上拿著一本簿子塗塗寫寫，不喜歡和別人講話，也不理會別人的眼光。當別人靠近他時，立刻升起一股敵意，防禦之心超強。

「副座，我過去處理。」阿義說。

阿義跑過去，對他比手畫腳，還動手拉拉扯扯的，他才肯離開，跟著阿義走。走到辦公室門口，他停下腳步，不肯走進去。

「進去啊！」

他執意不肯，手中的簿子抱得緊緊的，唯恐被別人搶走。

「你鬼鬼祟祟，形跡可疑，我們副座想要知道你在做什麼事？那麼神祕。」阿義對他吼道。

那個人嘴唇緊閉，不肯透露任何訊息。

「我看你拿筆一直抄，一直寫，你在抄寫什麼東西？」阿義又問。

他露出驚恐的眼神，手中的簿子抱得更緊。

「小朋友，老實說話沒關係，等一下警察來了，會以洩漏國家機密把你移送法辦。」林副站長誆他。

他一聽，表情更加害怕，看了每個人一眼，突然轉身拔足狂奔。跑了幾步，掉了一隻拖鞋，又跑了幾步，手中的紙張掉落一張，飄飄落在地上。

阿義過去撿起那張紙，看了一下，說：「不就是小孩子亂塗鴉，裝得神祕兮兮的，害我以為是哪一國派來的間諜，偷偷潛入我方基地。」

「拿過來我看看。」林副站長說。

阿義遞交給林副站長，他看了看，眼睛不覺一亮。「哇！這小子很有繪畫天分，用原子筆就能把這些煤斗車、油罐車畫得那麼仔細，那麼複雜，很有專業的氣勢，真不簡單。」

老羅拿過去看，看了也不禁讚美：「真是天才啊！把火車畫得那麼逼真，這小子以後可以當畫家。」

「這小子常在車站附近出沒，看到車站的人就閃躲，不會跟任何人打招呼或講話，不知道是不是啞巴？」阿義說。

「有可能，沒有人看過他開口講話。」老羅說。

「唉！可憐的孩子，上帝為他關了一扇門，必定會為他開了一扇窗。」林副站長說。

阿義過去撿起那隻拖鞋，打算要丟到垃圾桶。林副站長看到了，對他說：

「那隻拖鞋給我，改天還給他。」

「很髒耶！」

「沒關係，我來洗乾淨。」

林副站長拿著那隻拖鞋，心中沉思著，呆了半晌，才拿一個塑膠袋裝好，收到置物櫃裡。

【註二】**嚮導員**：在車站或月台上協助旅客的鐵路員工。

【註三】**控制盤**：車站內部一個大型看板。寬約兩公尺，高度約一公尺。盤面顯示車站內每一個號誌機顯示的狀況，每一條軌道進路的情況，以及停留車輛。調車時，由站長操作電動轉轍器以及號誌。

【註四】**列車監視**：當列車經過車站，司機、列車長、站長都要進行列車監視，共同協力，確保列車安全行駛。列車監視分成三種，到達監視、出發監視和通過監視。

列車監視是基於列車進站、出站和通過中，注意看進路上是否有凸出物、障礙物等，會影響火車行進。或是觀察行李車、貨車所裝貨物有無傾斜、鬆散，列車標誌是否完備。

第四章

還錢的少年

夜幕籠罩著大地，沒有月亮，幾顆星星在大黑絨布上閃爍著。

晚上八點多，五堵的街道上冷冷清清的，車站前面幾乎是門可羅雀，很少旅客出入。車站前面的麵攤，這個時間已經很少顧客上門來，白太太蹲在地上洗碗盤，白老闆意興闌珊，準備要收攤了。

五堵這個地方的居民，八成的男人是在礦場討生活，不早點就寢，明天就沒有體力挑戰艱苦的工作。

※　※　※

嘉明踩著輕靈的腳步，走過寧靜的街上，晚風吹拂在身上，感覺涼爽舒服。家中房間裡十分悶熱，電風扇在吹也是吹著熱風，比起戶外天然的風，那可天壤之差。

他來到車站，往辦公室裡探頭探腦。

「要買車票嗎？到哪裡？」售票員進興問。

「不是，我要……找人。」

「找誰？」

「一個賣票的，長得高高大大的，有點捲髮，有戴眼鏡。」

「喔！是阿義，他剛好請假。」進興問：「你找他做什麼？」

「我……前幾天搭夜車到高雄，身上錢不夠，向他借一百塊錢，現在要還他。」

「就是你呀！他和別人打賭，說你一定不會拿來還。」

嘉明推一推眼鏡，感到很內疚地說：「我會還啦！拖了一個禮拜是因為身上沒錢，經過你們車站時都遮遮掩掩的，怕他向我要錢。」

「你進來辦公室吧！那個阿義一直說他被一個小小金光黨騙了，後來是林副站長代墊那一百塊錢。」

嘉明走進辦公室，向林副站長深深鞠個躬，拿出一百塊錢來還他。

「謝謝副站長。」

林副站長端詳著眼前這位少年，長相清秀，氣質很好，一副眼鏡後面的兩顆黑眼珠看起來聰敏黠慧，講話的態度斯文有禮，不像是阿義口中的小小金光黨。

「那個賣票的阿義說，你搭夜車去高雄就不回來，現在不就回來了嗎？」

「我……本來是打算不回來的，後來……」嘉明很難為情，欲言又止。「我打算到高雄找工作，等到領了薪水就寄還給賣票的先生，可是我不知道他的大名……」

林副站長感到意外，他搬了一張椅子過來，讓少年坐下來。「為什麼？你還這麼小，應該專心把書讀好，其他的事都不要管。」

嘉明被講到痛處，低頭不語。林副站長從他的眼神中，看得出這個孩子必有不得已的苦衷。

進興說：「你們這種年紀半大不小的，發育好的人和大人差不多，發育慢的人和小孩子差不多。」

「我已經不小了，我們班上有一個同學，輟學去工地做小工，一天工資和大人差不多。」嘉明說。

「你叫什麼名字？」林副站長問。

「劉嘉明，嘉義的嘉，明天的明。」

「我姓林，你可以叫我林大哥。」林副站長說：「嘉明，學生時代是一個人一生中最美好的時光，不要輕易放棄，除非你是看到書本就頭痛，看到文字就反胃。」

「這……」

「把我當成你的大哥哥，好嗎？」

「嗯。」

林副站長看到嘉明的眼睛泛著淚光，知道這孩子必有難言之隱。中學生時代，應該是無憂無慮的年紀，有些人出生在不幸的家庭中，提早結束快樂的童年。

「那天晚上，那個男人是你爸爸吧？他看到火車開走了，騎著野狼一二五追到汐止，到底有沒有追到你？」進興好奇地問。

「沒有。」嘉明低聲說：「他衝到月台時，平快車已經開很快了，他想跳上去，被副站長攔下來。」

「小子！你真有種，我長這麼大，還不曾離家出走。」進興說。

嘉明的表情十分尷尬，不知該如何回答。

「哎呀！離家出走總不是好事情，會讓家人擔心。嘉明，以後如果有不能解決的事情，來說給我聽聽。」

進興去倒了兩杯茶水，一杯給嘉明，一杯給林副座。

林副站長問嘉明：「晚上喝茶水，會不會睡不著？」

「不會。」

「那就多喝幾杯沒關係，我們這裡都是沖大茶壺，沒空泡老人茶。」

「副座，你們這裡……晚上工作好像比較少喔？」嘉明問。

「這個時段工作比較少，因為旅客少，大約十二點過後，又要開始忙碌了。」林副站長說。

「為什麼？」嘉明驚訝地問：「那時候有旅客嗎？」

「沒有，但是常常要辦理斷電（註五）、封鎖（註六）。」

「斷電、封鎖做什麼？」

「斷電、封鎖是用來保養電車線和鐵軌，這種工作都利用下半夜列車較少的時候來進行，十分辛苦。這些工作既複雜又危險，不小心出差錯會鬧出人命來，所以鐵路局的工作不像你所想像的那麼輕鬆。」

「哇！隔行如隔山。」嘉明說：「我每天上學搭火車通勤，有時候在想，長大後到鐵路局上班，當一名剪票員或列車長，那是多麼神氣的事。」

進興聽了在笑。「傻小子！鐵路局工作不好幹，經常晨昏顛倒，作息混亂。假日別人在休息、出去踏青，我們在賣力工作。除夕夜家家在團圓，我們守著空蕩蕩的火車站，那種滋味呀！只有我們自己了解，別人很難感受到。」

「除了這些工作之外，鐵路節快到了，我們上級要求每個車站都要做壁報，還要評比分數，站長把這個工作交給我去做，我很傷腦筋。」林副站長說。

「副座，這方面我可以幫你忙，我們學校的壁報比賽是由我們班上拿第一，我們班上的壁報是由我當主將。」嘉明得意地說。

「副座，你找到救星了。」進興說。

「那我就放下心中的大石頭了。」林副站長高興地說。

※　※　※

天空下著濛濛細雨。

基隆多雨，號稱雨都，一年之中大概有一半的日子在下雨。它的雨一向不大，飄著細細的小雨，一下雨就一整天都不停歇。

五堵地理位置距離基隆不遠，所以常常是飄著霏霏細雨的天氣。

早上九點多了，林副站長撐著雨傘到月台上，一趟下行列車開走後，月台上

七、八支雨傘晃動，這些都是到站的旅客。忽然，他看到一個光頭男，在雨中奔跑著。

「祁國棟，你過來！」

林副站長對他喊著，他跑過來，和副座共用一把傘。

「老林，今天好在是你日班，要是那個老猴，又要碎碎唸了。」

「他也是為你好。」

走到辦公室裡，

「這種天氣真討厭，不撐傘衣服會淋濕，撐傘多麻煩。」

「祁國棟，現在幾點了？你才來上課。」

「老子昨天忘了寄鬧鐘，早上睡過頭了。」

「去喝杯熱茶吧！暖暖身體，這種天氣淋到雨，很容易感冒的。」林副站長說。

「老林啊！還是你比較好心，好心會有好報的。」他去大茶壺那裡，倒了一大杯茶水來喝。在這個陰陰冷冷的氣候裡，喝杯熱茶感到特別舒服。

喝完後，他對林副座說：「老林，我一喝就知道，這個茶葉是廉價的，我家有上好的凍頂烏龍茶，改天我拿來給你沖泡。」

「你爸爸買的喔？」林副站長說。

「我老爸不喝酒，不抽菸，不賭博，只有愛喝好茶，所以老媽也沒辦法唸他。最多一次買二十斤，放久了發霉，老媽要我幫他喝，才不會可惜。」

「喂！喂！小子，你說話沒大沒小的，我快八十歲的人，也要尊稱他一聲副座，你怎麼可以隨便叫他老林？」老羅很正經地說。

「沒關係啦！我們是麻吉的啦！他比我大，所以我叫他老林，如果他比我小，我就叫他小林，這樣不對嗎？」祁國棟嘻皮笑臉說著。

「當然不對，少年郎完全不懂倫理，沒有家教，也沒有老師教，我看你書是白讀了。」老羅臉色很難看。

「老頭子，不服氣的話，我們可以來單挑，看看要比什麼都可以。」祁國棟挑釁地說著。

「祁國棟，你十七歲的人，找七十八歲的人單挑，贏了也不光榮吧？」林副站長說。

「輸就輸，贏就贏，沒什麼光榮不光榮的。」祁國棟想了一下，說：「來比跳車。」

「好啊！誰怕誰？」老羅也不認輸。

賣票的進興和剪票的阿義都過來看熱鬧。

「小子啊！你輸定了，老羅年輕時候最敢跳車了，調車時速度四十公里他照跳不誤。」阿義說。

「可是，那時候他幾歲，現在他幾歲？現在五堵車站的跳車王輪到我了。」祁國棟得意洋洋地說。

「小傢伙不要太猖狂，等我去換一雙球鞋，馬上跟你比。下一趟火車再過五分鐘就到了，你不要怕輸躲起來尿遁。」老羅說，他到房間裡換鞋子。

「哈！哈！不知道誰會躲起來呢！老子贏定了。」祁國棟狂笑幾聲。

「以前我們在貨櫃支線調車時，老羅跳車功夫最厲害，沒有人比得上他。」進興說。

「哈！哈！運動場上的選手都是年輕小伙子，哪輪得到老頭子出頭？」祁國棟傲氣凌人，不把老羅放在眼裡。

一場好戲要登場了，進興和阿義都等著看看鹿死誰手。

接近電鈴響了，老羅匆匆換上球鞋，衝了出來。林副站長戴上帽子，轉身對四個人說：「你們統統不准到月台上。」

「為什麼？」祁國棟愣住了，他不曾看過林副站長那麼嚴肅。

「沒為什麼，這是命令。」

林副站長說完，抬頭挺胸，昂然走向月台。

※　　※　　※

寧靜的午後，這是旅客最少的時段，車站附近靜悄悄的，沒有一點聲音，微風吹過來，帶著熱烘烘的空氣，吹得人醺醺欲睡。

阿義走到林副站長身旁來。

「副座，那個進興這幾天頭殼壞掉了。」

「怎麼了？」

「他中午買排骨飯，整塊排骨都丟給小黃吃。」

「他呀！對這些毛小孩特別有愛心。」林副站長說：「他把小黃看得比自己還重要，這幾天，一上班就是要找小黃。」

「別人約他去相親，他都不理人家，心中只有一隻小黃就夠了。」

「唉！講不聽。」

下午進興在掃地時，林副站長問他：「進興，你中午便當只有吃半個？」

「是啊！看小黃餓慘了，所以多給牠一些。其他那兩班的人，我拜託他們剩菜、剩飯要留一些餵小黃，好像都沒聽進去。」

「哪有人像你一樣愛心滿溢？」阿義說。

「小黃還小，只能算是小狗中的小朋友而已，牠還在長大中，食量會比較大。」

小黃是一隻大約半歲的小狗，前幾天不知從哪裡來，出現在火車站的候車室，阿義趕牠走，不久又跑回來。進興對小貓、小狗特別有感情，可惜他家住的是大樓，規定禁止飼養動物。他只好偷偷把小黃安置在車站的廚房後面，用紙箱做一個臨時的家。上班時把小黃放在售票房，毛茸茸的一球在進興的腳邊繞來繞去，他覺得很好玩。沒有旅客的時候，他把小黃放在膝蓋上，小黃喜歡用舌頭舔著他的手，舔得濕濕黏黏的，他也無所謂。

「進興，帶回家去吧！站長知道了，一定會有意見。」

「我叫媽媽不要住大樓，要住透天的房子，媽媽說沒錢換屋子。」

「等你結婚後要買房子，記得要買能養動物的房子。」

「當然，養小狗是我小時候的夢想，小時候不能實現，長大總要有一天會實現。」進興眼中露出天真的眼神。

「副座，局裡有規定車站不能養小狗嗎？」阿義問。

林副站長想了想，說：「好像沒有哩！有一次到八堵站，看到他們廚房裡養了一隻大狗。不過，這要看站長的作風，有的人對這些畜生很反感。」

進興很擔心，站長是一個不擅溝通的人，是一個典型的老古板。

「副座，萬一站長不准車站養小狗，小黃能不能暫時寄養在你家？」進興憂心忡忡地問。

「我家已經養了一隻，再多一隻，老媽絕對投反對票。」林副座說。

「我也幫不上忙，老婆對貓毛、狗毛會過敏，有毛的動物都是拒絕往來戶。」阿義說。

過了幾天，進興上班時，站長準備下班。站長喚他過來：「進興，聽說廚房那隻小狗是你養的？」

「是……的。」進興忐忑不安地說。

「車站裡不要養畜生。」站長板著臉說。

「可是……牠不會影響我們工作。」進興訥訥地說。

「上級來檢查會不高興，上班就上班，有那個閒工夫養畜生？分明是工作太輕鬆了，上級看到會把我們車站減少幾個人。」站長冷漠地說。

「是……」

「這幾天想辦法送走。」

「是……」

站長下班了，進興垂頭喪氣，想到要跟心愛的小黃分離，心中實在難過。雖然認識才一個星期，他和小黃建立起很深的感情，看到牠那清澈靈活的大眼睛，和毛茸茸的身體，真是可愛極了。

「進興，快去交一個女朋友，就能把小黃忘記。女朋友變成老婆，會為你煮飯、生孩子，小狗不會，只會撒尿拉屎。」阿義說。

「阿義，這是兩碼子事，不要混在一起好不好？」進興不高興地說。

進興那天上班，整天愁眉不展，站長人一向很難溝通，說一不二，很少和屬下商量。找不到寄養的對象，不忍心放牠去當流浪狗，心中煩惱不安，一天之中賣票找錯錢共三次，賠了一些小錢。少找錢給顧客，顧客會當場要，多給顧客找錢，通常都不會說。

一直到快下班時，阿義想到一個主意，他過去對進興說：「你的小黃拿去給白老爹養。」

「他要嗎？」

「可以啦！可以給他作伴，牠只吃顧客剩餘的東西就夠了。」

白老爹其實並不老，大約四、五十歲的中年人，他爸爸從年輕時代就在五堵車站的斜對面擺一個麵攤，生意看起來雖然不怎麼好，至少足以養家餬口。白老爹老了，死了，他唯一的兒子繼承祖業，繼續在那個地點擺攤賣麵，大家繼續叫他白老爹。

老白老爹為人忠厚老實，做生意腳踏實地，從不對顧客偷斤減兩。小白老爹則恰恰相反，度量狹窄，常為了芝麻蒜皮的事和顧客爭得面紅耳赤，每次爭吵都要老婆出來打圓場。

阿義利用沒有旅客的空檔，跑過去對面的麵攤問。

「白老爹，進興養了一條小狗，想送給你養，好不好？」

「不行！不行！我對狗沒興趣。」

「白老爹，拜託你了，進興被站長罵，已經走投無路了，小黃可以陪你在這裡賣麵，你比較不會無聊，吃的只要客人吃剩的丟給牠，牠就活得很快樂。」阿義懇求著。

「不行啦！萬一牠咬傷顧客，我賠不起。」

阿義想了一下，白老爹是出名的「見錢眼開」，只要有錢就好辦事。他掏出了一百塊錢來，在白老爹面前晃一下，說：「算是我拜託你了，好不好？你不要對進興說。」

白老爹考慮一下，吞吞吐吐地說：「一張……太少了，再……多一張。」

有議價空間，表示事情有轉圜的可能。他立刻再拿出一張百元鈔票，遞到白老爹手中。「就這樣說定了，不准反悔。」

白老爹還猶豫著，後悔沒多加一些錢，太太在一旁拉著他的手說：「好啦！好啦！」

「好吧！」白老爹收下那兩張百元鈔票。

阿義跑回車站，將好消息告訴進興，進興緊皺的眉頭終於舒展開來，臉上也露出笑容來。

【註五】斷電：台鐵電車線是兩萬五千伏特的高壓電，在定期保養電車線，地面工程影響到電車線，或有異物飛到電車線，影響行車時，站長必須向電力段申請斷電。（鐵路電氣化是當年台灣十大建設之一，西部幹線由基隆起至高雄站為止。第一期工程由基隆到竹南，於民國六十七年一月完工，六十八年七月一日到高雄站全部完工。）

【註六】封鎖：封鎖是為了保養地面上的鐵軌、轉轍器等或其他工事，封鎖後其他車輛不准進入該區間，以策安全。封鎖是由站長向調度所申請，工作完畢後再去申請封鎖解除。

第五章

礦工的悲哀

天色漸漸暗了，天空上的歸鳥匆匆地飛返巢，地面上也有人匆匆忙要返家，一群男人騎著腳踏車、摩托車，三三兩兩的回到村子來。夕陽餘暉照在他們疲倦的臉上，回家是一天中最快樂的時刻，不只是卸下今天的工作，家人和香噴噴的晚餐也在等著他們。

嘉明的爸爸騎著野狼一二五的機車，引擎聲音超大聲的，他停在屋簷下。嘉明的肚子早就餓了，家中最重要的男人還沒回家，晚餐是不可能開動的。

自從上次高雄回來後，嘉明變得更沉默了，他立志把自己當成「自閉症」的患者，對這個家庭的成員，除了打招呼之外，儘可能少說話。言多必失，一點

都不錯。

他牢記著姨媽的話：人生就是要學著去適應四周不喜歡的人，慢慢去適應他們，包括學校裡很討厭的同學和老師，盡量去想他們的優點，不往壞處想。有緣相處在一起，最好是大家結善緣，好聚好散，不要結惡緣，冤冤相報何時了？

那個阿姨，他有心想改稱她媽媽，可是實在開不了口，只好一直叫阿姨。

一家人坐定，四雙筷子忙碌起來。

「咳！咳！」爸爸轉過頭去，用雙手掩住嘴巴，輕輕咳了兩聲。

「怎麼了？」阿姨問。

「唉！做我們這一行啊！眼前收入還不錯，做久了每個人的肺部都不好，老了更糟糕，很多退休的老前輩不是肺癆，就是矽肺症，很痛苦的。」

「怎麼？想換工作了？」

「有在考慮。」爸爸無奈地說：「半百年紀的男人，除了挖礦還能幹什麼？想轉業嘛嫌太遲了。現在煤礦越來越稀薄，所以越挖越深，今天工作時不小心

跌一跤，不怎麼痛，下工洗澡時，同事說我背後有一些烏青。」

他掀起汗衫，露出白皙的皮膚來。

阿姨看了一下，說：「吃完飯，我幫你擦萬金膏。」

「爹地，你的皮膚好白喔！」怡君撒嬌狀。

「皮膚白不是好事，太久沒見到陽光了。爹地長期在黑暗的坑道中工作，高溫、潮濕、通風不良、空氣污濁，工作環境實在惡劣，而且隨時命會休。所以說，入坑，命是土地公的，出了坑，命才是自己的。」

「做一行，怨一行，別行也有他們的辛苦。」

「爹地，你要多去曬太陽啊！」

「我哪來的美國時間？休班就躲在家裡休息了，哪有人專門跑去曬太陽？」

「有啊！下個星期日你剛好休班，我們去福隆海水浴場玩，好不好？」阿姨說。

「太好了！」怡君高興地說。

爸爸考慮一下，說：「好吧！」

「怎麼去？」阿姨問。

「搭火車去。」爸爸說。

「太好了，我最喜歡搭火車了。爹地，以後我長大帶你搭火車環遊世界，好不好？」

「傻瓜，火車不能跑到國外去，環遊世界要搭飛機。」阿姨說。

爸爸問嘉明：「嘉明，要不要一起去？」

嘉明搖搖頭。「學校要考試了。」

在他們三個面前，他永遠是多餘的，無法融入他們的小天地。

怡君鬼靈精的，一張嘴巴像是抹了蜜糖似的，人前一張笑臉，人走了立刻換上另一張臉。這樣的小孩，說她聰明，沒有人會反對，可是未免……太世故了吧？無時無刻都在觀察別人臉色，隨時見風轉舵，這樣的人長大後一定是八面玲瓏，可是她還是小孩子呢！

吃過晚餐後，嘉明對爸爸說：「爸，我去車站一下。」

爸爸感到意外，大概想起他那個逃家的夜晚。「你去車站做什麼？」

「那個副站長要我去幫他做壁報。」

「哦！」

嘉明離開那個家，就像小鳥離開籠子，獅子離開柵欄一樣，他深深呼吸一下，外面的空氣果然充滿自由的味道。耳邊傳來電視聲和老少兩個女人的聲音，這個家只能當作暫時居住的旅社，遲早要離開。

黑暗中，看到車站透出燈光來，感到十分溫暖。

車站斜對面那家白叔叔的麵攤，他正招呼著客人，看到嘉明，他大嗓門喊著：「阿明喔！你又要去搭夜車了？搭夜車現在還太早，要等很久喔！」

哪壺不開提哪壺？嘉明聽了耳根子發熱，羞赧地說：「不是啦！你不要亂說。」

「白叔叔是喜歡亂說話，可是我說話就像槍仔打到肚仔孔——準準準。」

「這次就不準了，我是去火車站找人。」

「火車站裡會有好人？哼！鐵路局專門在收一堆破銅爛鐵的人，薪水低，水準差，吃個麵還欠帳，切個豬頭皮還嫌貴，嫌貴就不要吃嘛！」

白叔叔嘮嘮叨叨一大堆，他的太太蹲在地上洗碗，很少看到她講話，面對顧客問明吃什麼之外，只有淺淺一笑，真是省話一族。

來到車站，第一個遇到的人是阿義。

阿義摸摸嘉明的頭。「喂！小子，又來借錢了？」

嘉明瞪他一眼，說：「又不是來找你！」

阿義大呼：「哎唷！才幾天不見，小鬼身價就不一樣了。」

他繼續走，走到辦公室裡。

「劉嘉明，你來了！」

「嗯。」

嘉明拿了一張白紙畫的草圖，攤開給林副座看，林副座看了一下，表示沒有意見。

林副座拿出一張全開的藍色壁報紙，給嘉明看。

「站長就丟這張壁報紙給我，要我全權處理。這種事如何全權處理？真傷腦筋。」林副座一臉無奈的神情。

「我還要買幾張黃色、紅色、綠色的色紙，大面積的圖畫用水彩畫不好看，又浪費太多顏料。」嘉明說。

林副座掏出一百塊錢，遞給嘉明。「你去幫我買，你比較知道用什麼材料。」

「副座，站長那麼吝嗇，給你一張壁報紙就想參加比賽？畫筆、顏料都要錢買。」阿義打抱不平。

「他老人家，不知道外面的行情，人家說『吃米不知米價』，就是這個樣子。沒關係，就不要跟他計較。」林副座說。

「五堵沒有文具店，汐止才有，明天放學後我去幫你買。」

「謝謝你，有你真好。」

火車接近電鈴響了，有車子接近了，是下行列車。

林副座戴上帽子，走上月台。這趟車是普通車，上下車的旅客不多。車子開走後，林副座身邊多了一個光頭男，在他身邊吱吱喳喳講個不停。

走進辦公室，他立刻立正站好，向阿義、進興舉手敬禮。

「義哥好，興哥好。」

宏亮的嗓門，聲音傳遍車站。

「小祁，這麼晚了睡不著，跑到學校來溫習功課呀？」阿義問。

「老子功課還要溫習啊？讀五堵最高學府，有一個好處，閉一隻眼睛去考試也可以考個前十名。」

私立正義中學位在五堵車站前面的半山腰上，走路大約十幾分鐘就到了。位在半山腰上，所以大家戲稱五堵的最高學府。五堵除了一所長安國小外，沒有國中，就讀國中必須到汐止的秀峰國中。五堵火車站的通勤學生，以秀峰國中和正義中學的學生最多。

「他呀！送茶葉來車站。」林副座說。

「小祁，你家在賣茶葉？」進興問。

「不是啦！這是我老爸買的，他都買頂級的好茶，一買就是十斤、二十斤，我請副座幫忙喝，再不泡來喝就要過期了。」

「他還順便帶來基隆廟口的天婦羅，來請大家吃。」林副座說

「上次阿義說他沒吃過基隆廟口的天婦羅，我說改天有空我請他吃。」

「小祁，不好意思，讓你破費。」阿義說。

「沒關係，花我老爸的錢，一點都不心疼。你們如果要謝謝我老爸，我在這裡代替他說不客氣，我老爸的錢多的滿地都是，你們要幫忙花，也算是功德。」

「小祁，別臭屁了，你家真的那麼有錢？」進興懷疑地問。

「吃啦！吃啦！天婦羅涼掉就不好吃。」祁國棟說，他看到靜靜坐在椅子上的嘉明，皺起眉頭說：「咦？這是誰家走失的小孩？要不要廣播一下？」

「別胡鬧了！他是林副座重金聘請來的壁報高手。」阿義說。

「壁報高手？我也可以參一腳。老師說我寫的毛筆字像是在畫符，有一次我去廟裡，看到有人拿毛筆在畫符，真的耶！和我寫的字很像，以後不怕失業了。」

「可是，做壁報不需要畫符，所以你的專長派不上用場。」祁國棟用牙籤插起天婦羅，送到嘉明的嘴巴前，嘉明張開嘴巴來吃。「小底迪，大葛格疼你，這個好吃。」

「小祁，你當他是小貝比喔？他讀國二了，小大人了。」

「哎喲！跳級生喔？看他還那麼小那麼嫩，怎麼可能讀國中了？」

「他和你一樣，是我們五堵車站的長期顧客，搭火車上學一年多了。」

「搭一年多的火車了，你會不會跳車？不會跳車的話，你火車白搭了。」

「小祁，人家是乖學生，哪像你專門做違反規定的事，拜託！不要再跳車了，站長看到不知道要怎麼罰你，到時候你又要一把眼淚一把鼻涕的，誰都救不了你。」林副座不耐煩地說

「我不要給老猴子看到就好了。」祁國棟又對嘉明說：「底迪，你不知道，我跳車的姿勢帥斃了，李小龍也不敢跳火車呢！我教你跳，很簡單的，保證你一學就會。」

「小祁，我們跳車是為了混一口飯吃，當我們到貨物支線調車時，如果不跳車，工作時間會加倍，所以不得不在車廂行進間跳車，我們不是為了耍帥才跳車。」阿義很慎重地說。

「是啊！小祁，我們在調車時不得不跳車，是為了節省工作時間，提高效率，我們在跳車時都是非常小心謹慎。」進興也跟著說。

「老子福星高照，你們窮擔心什麼？」他對嘉明說：「小朋友，我看你一定是被他們嚇得長不大，鐵路局這些男人啊，各個是跳車高手，我看過義哥跳車，那真是帥啊！可是他們都不希望我跳車，怕我贏過他們。唉！心胸狹小的人啊！所謂後浪推前浪，前浪死在沙灘上，我是後浪啊。」

「我們不是前浪，也不怕你超越，只怕你危險。小祁，你回家問一問你媽媽，看她還能不能生?」阿義說。

「能不能生干你屁事?」

「你老爸自己一個人，從大陸來到台灣，奮鬥好幾年，好不容易才生下你來，萬一你跳車出個意外，怕你祁家斷後，絕種。」

「呸!呸!你這個烏鴉嘴，我沒那麼倒楣。」

「不聽老人言，吃虧在眼前。」

吃完天婦羅，阿義去泡茶，他拆開小祁帶來的高級禮盒，抓了一把茶葉在鼻子前聞，一股濃濃郁郁的茶香直撲鼻前。

「好茶!」

阿義用開水沖泡後，立刻茶香四溢，充滿整個辦公室。

「小祁啊!這麼高級的茶葉，我們鐵路員工是買不起，你家既然很多，有空多帶幾斤過來，我們幫你喝。」進興說。

「沒問題。」

※　※　※

「報告站長，我來報到了。」

老羅宏亮的聲音又響起。

「老羅啊！我也快退休了，只剩下半年而已。」

「報告站長，歡迎你退休以後，加入『五堵志工大隊』，目前志工大隊多了兩名成員，一個叫劉嘉明，是個國中生，另一個叫祁國棟，是個高中生。」

「這個祁國棟呀！生雞蛋沒有，放雞屎一大堆，這個人心地不壞，可是專門調皮搗蛋，要當心啊！經常惹是生非。」站長露出不悅的臉色。

「站長放心，我老羅專門在治頑皮搗蛋的，他逃不出我的手掌心。」

「這樣就好。」

老羅去工具箱拿了掃把和抹布。

「站長，我今天去整理廚房，那裡很久沒好好清理了。」

「謝謝你哦！」

廚房是車站員工最常去的地方，每天蒸飯盒、煮大鍋茶、偶爾煮點心，車站員工都是大男人，對清潔要求比較低，所以經常髒亂。

經過半個小時，廚房傳來乒乒乓乓的聲音，老羅滿頭大汗忙進忙出，背心早就濕透了。

「阿寬啊！廚房是大家在用的地方，大家要養成好習慣，當作自己家的廚房，用完之後要整理乾淨。」站長不高興地說。

「那麼多人在使用……我最少用。」阿寬露出無辜的神情。

「讓一個和你爸爸年紀差不多的老人家來整理，你們都不會感到不好意思？」

「老羅在家裡閒得無聊，來這裡找些事情做，也可以打發時間。」

「他是對這個車站有太深的情感，太多的愛心。」

旅客來了，大家各就各位。

整理了兩個鐘頭，雜亂的廚房煥然一新，阿寬走進去一看，以為走錯房間了。

「阿娘喂！我的命苦喂……」

一個披頭散髮的中年女子，拿著一個塑膠桶子，在候車室的垃圾桶翻攪，旅客看到了，都掩著鼻子避開。

「阿寬，那個肖查某又來了，你去把她趕走。」站長說。

阿寬面露難色。「站長……趕她走，等一下又來了。」

「不趕也不行。」

「好吧！我去。」阿寬勉強地說。

阿寬到候車室去，臉上裝出怒目圓瞪的表情，手上握拳假裝要打她，果然她望而生畏，離開候車室。

當他心中竊喜，這次詭計得以成功，沒想到不到十分鐘，又聽到那熟悉的聲音了。

「阿娘喂……」

「換我來。」老羅自告奮勇要出馬。

老羅到候車室，耐心地和她聊天，兩個人嘀嘀咕咕聊了好久，後來老羅看看時鐘，已經十一點鐘了，烈日當空，肚子咕咕叫了，他就帶她到車站斜對面的白老爹麵攤。

「白老爹，一碗陽春麵，大碗的，再加一顆滷蛋。」

老羅從口袋裡掏出錢包來付錢。叫他白老爹，老羅覺得怪怪的，他是看著白老爹從小孩童到長大成人，年紀也比他大了許多，既然大家都這麼叫，他也跟著大家叫。白老爹的真實名字，全車站的人很少叫得出來。

「老羅，你真慷慨喲！」白老爹瞇著眼睛說。

「她是可憐人，我們命運比她好一點，所以要多同情她。」

「你是好心人。」

白
白
牛肉麵

「小白，以後如果她來這裡吃東西，你儘管給她吃，拿一本簿子記帳，見到我跟我說，我全都付。」

「你喔？……」白老爹用怪異的眼光，打量著老羅全身上下。「你一大把年紀，隨時會翹了，萬一阿蓮天天來吃，我要去你的墳頭收錢？」

「小白呀！放心啦！這輩子的債這輩子還，我不會留到下輩子。」老羅想了一下，說：「我先寄放一千塊錢在你這裡，不夠的時候再跟我講，我隨時補充。」老羅從皮夾裡掏出十張百元大鈔。

「哇！你真是……財神爺。」

老羅突然感到腳邊有一團毛茸茸的球，低頭一看，是小黃。牠抬著頭，尾巴不斷搖晃著，烏溜溜的眼睛望著老羅。

「咦？我們車站的小黃，怎會跑來你這裡？」老羅問。

「是阿義來拜託我養，說是站長不准他們養，不忍心小黃又變成流浪狗，我只好勉強收了。」白老爹嘆口氣說：「其實養這些貓啦，狗啦，每天處理那些大小便，很煩人的，要不是阿義一直拜託，我才不會給自己找麻煩。」

「謝謝你啦！你和我們車站都是一家人，同甘共苦。」

白老爹立刻翻臉說：「誰和你是一家人？有些人吃個麵就要記帳，這像一家人？」

「小白，你息怒，車站裡好人還是占大多數，而且車站裡的員工一年之中向你消費大概好幾千塊錢，是你最大宗的顧客，所以你要好好對待我們小黃。」

「放心啦！阿伯。」白老爹一瞬間換了一張笑臉。

回到車站，車站裡恢復了平靜。

中午吃便當時，阿寬問老羅：「那個肖查某你認識哦？」

老羅點點頭。

「她叫阿蓮，姓什麼我已經忘了，她爸爸是礦工，媽媽有點秀逗，她遺傳自媽媽，小時候長得還不錯。後來爸爸在礦坑裡出事死了，媽媽跟別人跑了，她在這裡沒有親戚，靠著大家的救濟過活，那時候，她的精神狀況比起現在來更嚴重了，大家都叫她瘋子。」

「好可憐喲！」

「她就住在土地公廟旁，有時候靠吃祭品和水果維生，一直到現在都是這個樣子。」

「最糟糕的是她大約二十幾歲的時候，有一年肚子大起來，問她是誰搞的？她咿咿哦哦也說不清楚，那時候，村子裡的男人各個有希望，人人沒把握，連我們車站裡的人都被列為嫌疑犯。」

「後來呢？」

「無頭公案，不了了之。」

「夭壽喔！不知道是哪個男人幹的好事，敢做不敢承認。」

老羅思緒回到往昔，那是美好時光。「大約二三十年前，五堵車站人員較多，上班很熱鬧，所以中午大家出錢來煮大鍋麵，阿蓮有時候聞到香味就來了，我們也會盛一碗給她吃，不收她的錢，每個人少吃一口就有了嘛！車站員工都很有愛心，可是當她大肚子的時候，村子裡的人都說是車站的人做的，因為她常來車站，所以嫌疑最大，真是冤枉！」

「好心沒好報。」

第十六章

三個鐵路迷

老站長一封一封拆開眼前的公文，突然站起來，大叫一聲：「我中獎了！」員工都圍過來，好奇地問：「中什麼獎？」

「鐵路節的壁報，我們車站得到全省第三名，太好了！」

「我以為中愛國獎券，還是統一發票呢！」一名站工說。

「對站長來說，比中愛國獎券還要高興。」

老一輩的人特別注重榮譽，一個小小的五堵站，能在一百多個大站的競賽中脫穎而出，實在不容易。

這幾天，老站長臉上一直掛著難得一見的笑容。

※　※　※

炙熱的太陽，像火爐般在天空燃燒。熾熱的陽光猛烈照射在大地上，山上的樹木都垂頭喪氣，沒有精神的樣子。

三個登山客在烈日下爬山，路徑並不明顯，他們常常隱沒在荊棘樹叢之中。樹叢高矮不一，高的比人還高，矮的到膝蓋，有些樹叢上長著尖銳的樹枝，毫不留情地刺著登山客，好像是在對這些入侵者做無言的抗議。

「吳老師，還沒到？」家豪問。

「快到了。」

「老師，有沒有走錯路？好像整座山只有我們三個人。」峻安懷疑地問。

「休息一下啦！」吳老師停下腳步，放下沉重的大背包，拿出礦泉水來喝。

「以前很多學生跟我出來，一、兩次後就嚇到了，再邀就邀不動，找了一大堆理由拒絕。」

吳老師是個中年漢子，長年在豔陽下，皮膚黝黑。郭家豪是一個陽光帥氣的海科大三年級的學生，楊峻安是學弟，就讀二年級，長得一副可愛的娃娃臉。

吳老師是國內著名的攝影家，尤其擅長火車攝影。他常在學校社團和地方社區授課，講授攝影方面的知識。家豪在學校攝影社團聽了他的課，對他佩服得五體投地，尤其是吳老師的火車攝影，更是打動他的心，所以甘心跟著他上山下海，體驗一下拍火車的樂趣。峻安也是鐵路迷，所以拉著他一起來。

攝影社的同學都笑家豪傻瓜，別人都選最輕鬆的仕女呀！風景呀！或是古蹟建築呀！這些拍起來多輕鬆，只有他挑冷門的火車來拍攝。家豪說：「沒辦法，我對火車情有獨鍾。」

家豪看看自己上衣。「老師，我新買的T恤被割破了。」

「我不是再三告訴你們，來這種地方最好不要穿名牌的衣服，否則回家常常會心疼。要穿長袖、長褲，戴帽子，這樣比較不會受傷、曬傷。」

三個人喝了水，老師說：「繼續吧！真的快到了，大概再十分鐘吧！」

「老師，當初你是怎麼找到這個地方？」

「一個資深的同行帶我來的，這是他的私房景點。他對攝影同好，都毫無保留的分享，不管是攝影技術，還是私房景點，他的人品修養非常好，是我學習的對象。」

「老師，你和那個前輩都一樣，很用心的帶領晚輩學習，毫無保留的教我們。」

「做這一行，不為名，也不為利，只為了興趣。不過在我們這一行裡，也有少數的人拜師學藝，跟著那位前輩上山下海，學了一點功夫後，為了快速成名，開始不斷批評那位前輩，在背後謠言中傷，讓前輩傷透了心，對提攜後進的熱情漸漸冷卻了。」

「那些人真沒良心。」峻安聽了憤慨不平。

「人心隔肚皮，不容易看清。」吳老師嘆口氣說：「唉！有些人為了爭名，爭地位，會想盡辦法，不擇手段。」

聊著，聊著，來到一塊位在半山腰上的開闊地，視野豁然開闊，放眼前方層巒疊翠，令人賞心悅目。

「到了，就是這裡。」

吳老師放下行李包，其他兩人也跟著放下行李。

家豪眺望四周的風景，居高臨下，景色十分優美。前方的山峰下方有隧道，隧道口外是鐵軌，這是他們今天費了千辛萬苦找到的目的地，到這裡拍火車，三個人都是火車迷。

「哇！太棒了，老師，謝謝你帶我們來這麼棒的地方。」家豪高興地說。

「老師，如果沒有你帶我們來，我一輩子也找不到這麼好的地方。」峻安露出笑臉來。

吳老師忙著架設三角架，峻安在旁幫忙。吳老師對峻安說：「遠距離拍火車一定要用三角架固定，大型三腳架又貴又重，不要怕重，當照片洗出來時，你的照片就是比別人漂亮。」

「老師，上課時同學都叫你『大師！大師！』……」家豪說。

「大師？我看是動物園裡的大獅吧？拍火車只是為了興趣，就像有的人興趣是愛喝酒，有的人愛賭博，我們這種人就是頭殼壞去，不知道為什麼，看到火車就很興奮。」

「我也是耶，第一次拍火車時，一看到火車來就興奮。」家豪說。

「我也是。」峻安說。

「火車出現了！」家豪大喊。

峻安立刻拿出照相機來，等他換上長鏡頭，火車已經在眼前的畫面上消失了。

「唷！可惜沒拍到。」峻安惋惜著。

「我也沒拍到。」家豪說。

「不急！不急！只要你守住那兩條鐵軌，不愁火車溜掉。朋友專門在拍鳥類，守著那個地方，守了一整天，連一隻鳥也不肯飛過來，不拍的時候，那個地方常有小鳥停留，你說氣不氣人？」吳老師說。

「這麼說來，我們拍火車還算是比較幸運的？」

「是啊！不管多辛苦，照片洗出來那一剎那，所有的辛苦都有了代價。」

「又有火車出來了！」峻安大喊。

剛才那趟是上行列車，這一趟是下行。三個人各就定位，對著目標攝取最佳的鏡頭。一直到列車消失了，三個人才都鬆了一口氣。

「這列火車是貨物車，一整列都是煤斗車，運送煤礦。台灣北部出產煤礦的地方有五堵、七堵、瑞芳、猴硐、菁桐。」吳老師如數家珍。

「吳老師，你不只對攝影是高手，對火車也十分內行。」峻安佩服地說。

「因為對拍火車有興趣，對火車以及火車周遭的事情都有興趣，不懂的話就去查資料，或是問別人，久而久之，這方面的知識就比一般人來得多。」

「吳老師，你今年多大年紀？」峻安問。

「剛好六十。」

「老師，看你剛才爬山，揹的背包又特別重，依然面不改色，實在佩服。」

家豪說。

「你們兩個是養在都市的弱雞，我是放山雞。年輕時讀軍校，受過最嚴厲的磨練，所以體格結實。退伍後，喜歡在大自然裡，喜歡火車，喜歡攝影，朋友都說我是怪人。」

「老師，這三樣剛好都是我喜歡的，我也是怪人。」家豪說。

「我喜歡火車，從小就是火車迷，看到火車就特別高興。」峻安得意地說。

老師抬起頭，望著晴朗潔淨的天空，不知何時飄來幾朵烏雲。大火球的威力減少許多，溫度也降低許多。

「糟糕！今天的西北雨來得特別早。」

「什麼是西北雨？」峻安好奇地問。

「西北雨就是午後的雷陣雨，來得急，也去得快。」

拍了一個上午，收穫並不多。尤其兩個初學的學生，火車出沒的速度很快，他們很難把時間掌握好，稍一遲疑，火車就溜掉了。

「老師，我們從一大早拍火車，快中午了，拍不到十張，今天收穫真少。」峻安說。

「忍耐點，拍到王爺車，今天的辛勞就有代價了。」吳老師說。

他說的王爺車，指的是觀光號列車（註七），是目前台鐵最高級的客車，前幾天的報紙有公告，觀光號列車確定在今年四月要停駛，觀光號的名字即將走入歷史，這引起鐵路迷的騷動，大家趁著最後這幾天趕來拍照，為觀光號留下最後身影。

「峻安，你肚子是不是餓了？」吳老師問。

「我早上七點出門，只有吃一塊三明治而已。」峻安說。

「不早說，我袋子裡有吐司麵包。」吳老師說。「從事這種工作，出門一定要帶一些乾糧和飲水，否則在山區裡面，有時候是呼天不應，叫地不靈。」

「昨天晚上考慮今天出門要帶一些零嘴來吃，後來忘了準備。」家豪說。

「拍火車的人和登山客一樣，在山中隨時會發生意外，那時候糖果餅乾都可能成了你的救星。肚子餓起來，不但會四肢無力，有時還會頭昏眼花。我們不是神仙，都是凡夫，會口渴、肚子餓，這些身體上的問題不解決，沒有力氣拍火車。」

「家豪，你也來一片吐司？」

「好啊！」

老師看看手錶，「吃東西要快，王爺車快要出現了，它在基隆十三點整開，到這裡大約二十幾分鐘，隨時會出現……」

「出現了……」峻安驚呼。

三個人同時拿起長鏡頭的單眼攝影機，瞄準目標。他們的心臟像在擂鼓，血液在沸騰。尤其年紀最小的峻安，興奮得兩手發抖。

「喀嚓！喀嚓！」

「喀嚓！喀嚓！」

火車轟隆轟隆地鑽進山洞裡，三個人還拚命拍照，一直到車廂尾部消失在山洞口，他們才放下笨重的照相機。

拍完王爺車，總算鬆了一口氣，完成一項大工作。今天的任務完成，開始收拾腳架、鏡頭等東西，準備下山。

收拾好東西，三個人走下山。走了一半的路，天空烏雲密布，吳老師抬頭一看，擔心地說：「糟糕！大雨快來了！」

他們加快腳步，豆粒大的雨滴打在身上，會有疼痛的感覺。

吳老師從大包包裡拿出一件輕便雨衣來穿，家豪拿出一支摺疊雨傘和峻安共同遮雨，雨滴不斷變粗變大，又急又快，他們的腳步也越來越快。山路崎嶇，泥濘難行，峻安一個不小心，整個人摔倒在地上，其他的人連忙將他扶起來，他的褲子沾滿泥巴。

三個人在大雨中快步下山，雨滴擋住他們的視線，山路經過大雨的洗禮，變得又濕又滑，大雨打在身上，他們心中又驚又慌，小心翼翼地走，唯恐又摔倒，一段下山的路程，像是在逃難。

走到山腳下，雨勢驟然停了，剛下過雨的天空，碧澄澄的像剛剛被水洗過，好一幅美麗的水彩畫。

※　※　※

三個人沿著鐵軌旁邊的小路走，

「轟隆隆——，轟隆隆——」

家豪和峻安都摀著耳朵，車廂一節一節的通過，時間彷彿過得很慢。

好不容易整趟列車都通過，他們才鬆了一口氣。

「這是水泥車，從蘇澳、花蓮的水泥廠輸送到西部來。」吳老師說。

走了大約五百公尺，鐵軌伸向一個黝黑的隧道，他們望向隧道裡面，一片黑乎乎的，伸手不見五指，令人望而生畏。家豪和峻安都露出猶疑的眼神望著吳老師。

「要當鐵路迷，走隧道是小意思。我以前讀軍校時，野外跋涉，過溪流，走

山洞，睡墳墓，都是家常便飯，不過一定要注意自己的安全。」

吳老師從背包中拿出手電筒來。

「你們跟著我走，盡量靠牆壁。這個山洞不長，不到一百公尺。如果有火車經過，面向牆壁，身體貼著牆壁。不要怕，那是給你們震撼教育，這種經驗是花錢買不到的。」

吳老師走在前面，其他兩個人跟在後面，他們都小心翼翼的，腳底下的路並不平整，有大大小小的石頭和坑窪，一支手電筒的光線太微弱了，家豪和峻安手牽在一起，家豪感覺峻安的手在發抖。

「吳老師，還有多遠？」家豪問。

聲音在隧道裡迴盪著，聽起來令人毛骨悚然的感覺，黑暗中彷彿躲藏著妖魔鬼怪，隨時會出來吞噬手無寸鐵的三個人。

「快到了！」吳老師的聲音回音特別強，久久不散去。

不久，吳老師喊說：「有火車接近，上行的，靠近我們這邊的鐵軌。」

他們停止腳步，打算等火車經過後再繼續前進。

「背包放下來吧！這裡淨空不大，萬一車廂有凸出物就不妙了。」

他們卸下背包，緊貼著岩壁。此時，一道強光射進隧道，緊接著「轟隆隆——，轟隆隆——」，彷彿天搖地動，天崩地裂的感覺。

火車終於離開了，家豪和峻安都嚇得臉色鐵青，好在隧道內伸手不見五指，沒人看得到。

在隧道裡稍微轉個彎，就看到亮光了。看到亮光，他們兩個人好激動，像是在汪洋大海中看到陸地。

走出隧道，三個人都是灰頭土臉。剛才火車經過隧道時，揚起的灰沙走石，以及許多垃圾雜物，噴了他們全身都是，像是經過一場浩劫。

「很刺激喔？」吳老師問。

「嗯。」

「鐵路局的道班工負責保養鐵軌和路基，號誌工負責號誌維修，他們都經常走鐵橋，過山洞，尤其是颱風天的時候。我們今天是好天氣，而且這個山洞不算長。我們沒有在工作，只是借過一下，他們在黑暗中工作，真不簡單。」

「喔，不簡單。」

三個人繼續走，有陽光的地方真好。走過黑暗的隧道，特別感到陽光的可愛。

「前方就是五堵車站了，我上次到車站借個廁所，老站長知道我去山腰拍火車，一直罵個不停，說我不要命。說我違法，我問他違哪一條法？他講不出來，那座山不是軍事要地，也不是他私人產業，為什麼我不能去爬山？」吳老師氣憤地說：「那個站長真是怪老頭，有理講不清，我看我們走小路出去，車站前面有一家牛肉麵，味道還不錯，我們去那裡解決午餐。」

「好。」

三個人來到白老爹的麵攤，點了三碗牛肉麵，再切了一盤小菜。

「唉！你們三個人去爬山喔？這個模樣好像是去打越戰回來，打贏還是打輸？」白老爹揶揄著。

「老闆，你假日還在這裡賺錢賺不停，我們假日沒錢賺，只好出來走走，看看風景。」吳老師也回敬他。

「人家假日在休息，我在工作，歹命的男人喔。」

「為民服務吧！五堵要不是有你這家麵攤，我們現在只能啃饅頭。」家豪說。

峻安把褲腳捲起來，露出擦傷的小腿，白太太看到了，說：「小弟，你的腳受傷了。」

「剛才下山時走得太快，不小心滑一跤，還好只有擦傷，沒有扭到。」

「去車站擦個紅藥水吧！」

「又不是在車站受傷，他們願意替他擦藥？」吳老師懷疑地說。

「會啦！車站的人都很好。」白太太說。

「是嗎？那個站長很兇耶，我領教過了。」

「站長昨天是夜班，今天沒有上班。」

白老爹夫婦忙碌著，不久，三碗熱騰騰的牛肉麵端上來。三個人迫不及待的拿起筷子來，在飢腸轆轆之下，聞到肉香都會食慾大開，任何食物都比平時還要好吃。

「好可愛的小狗。」峻安說，小黃來到他腳邊，抬起頭望著他。

「是車站的人養的，一隻流浪狗沒什麼了不起，他當成寶貝。」白老爹撇撇嘴說。

「愛狗的人就是這樣。」

進興從車站走出來，拿著一袋肉骨頭過來，小黃高興地迎了過去。進興倒出肉骨頭來，小黃搶著吃。

「進興，這個小弟腳受傷了，你帶他去車站擦藥。」白太太說。

「哦！好。」

吃完麵，一行人跟著進興走進車站。

「副座，他的腳受傷了，我來替他擦紅藥水。」

「喔！怎麼受傷的？」

「去爬山，下山時碰上一陣西北雨，不小心滑了一跤。」峻安說。

「你們怎麼過來？走山洞？」

「是的。」

「走山洞很危險，這個山洞是火車專用，禁止行人通行。有些登山客都愛走山洞，真不要命。萬一出了事，家屬會怪我們鐵路局的人都不管。」

「我們不是登山客，我們是拍火車的鐵路迷，沒辦法，你們的火車有太大的誘惑力。這兩個還在就學的大學生，同伴們都在迷歌星、電影明星，他們只迷火車，歌星、影星對他們沒有誘惑力。愛上火車，好像中了鴉片的癮，想戒都戒不掉。」

「我們天天看火車、摸火車、跳火車，看多了就不會對火車感到激動。就像你愛吃牛排，每天三餐都吃牛排，大概不到一個月就吃膩了。」阿義說。

「我們老師是攝影大師，他的火車照片在國內攝影界是首屈一指。」家豪向車站員工介紹。

「老師尊姓大名？」

吳老師掏出一張名片，林副站長接過來，看了一下，說：「久仰大名，我常在國內雜誌上看到大師的作品，因為拍的作品大都是我最熟悉的火車，所以對您的大名印象特別深刻。」

「叫我大師不敢當，人生無大志，就是愛拍照而已。我們不只愛拍火車，火車周遭的一切都有興趣，譬如鐵軌、轉轍器、號誌燈等等。」吳老師滔滔不絕地說，停頓一下，又說：「叫我大師也沒錯，剛才那一場雨，把我們淋得全身大濕，這樣也叫大濕？淋濕的濕喔！」

「大師謙虛了，您的作品我看了不少。上班天天看火車，看到火車的攝影作品會特別注意。」

「謝謝副座抬愛。」吳老師試探地問：「車站站場能不能借我們拍攝？」

「喔！可以讓你們拍，可是安全要擺第一。還有，車站內控制盤不准拍，上下行正線（註八）不准靠近，因為隨時有火車通過。」

「謝謝！」吳老師笑著說：「其實真正的鐵路迷都會很注意安全，留得青山在，不怕沒材燒。那些莽莽撞撞的人，沒資格當鐵路迷，出點意外，怪天怪地，怪大家都沒將他保護好，真好笑！」

這個下午。吳老師帶著兩名學生，拍攝站場上的每一件東西，包括轉轍器（註九）、號誌燈（註十）、鐵軌，還有老舊的枕木、月台上的看板，以及車站的建築，這些都成了他們鏡頭下最佳的模特兒。

一天來的辛苦不算什麼，只期待回家以後，照片洗出來，心愛的火車以及火車周遭的東西在照片中，一切辛苦都值得了。

這就是鐵路迷的心聲。

【註七】觀光號列車：民國五十年開始行駛，民國六十七年停駛，在這段期間，是台鐵最高等級的火車。

【註八】上下行正線：車站內作為列車最常用之路線，又分上行正線和下行正線。

【註九】轉轍器：鐵軌分岔的地方，必須有轉轍器，火車才可往不同的方向行駛。轉轍器有電動和手動，手動轉轍器依其使用密度而分為許多種。電動轉轍器由調度員或站長操作，手動轉轍器由站務員操作。

【註十】號誌燈：火車是依號誌燈顯示而行駛。號誌燈包括進站、出發、閉塞、遠距、調車、掩護等，功能各異。早年的號誌燈大都是臂木式，後來逐漸改為燈列式，樣式很多。

第七章

一起去摘龍眼

暑假一開始，學生們開始不一樣的生活。有的準備上學校的輔導課，有的準備去上才藝班，有的人天天去補習班報到。什麼地方都不去的孩子，這兩個月的假期可會玩瘋了，找不到玩伴的孩子，不到一個星期就覺得好無聊。

嘉明和國棟常常到五堵火車站，嘉明去幫忙做義工，國棟在家裡閒得無聊，爸爸愛碎碎唸，媽媽愛發脾氣，所以常常在吃過晚餐後又搭火車去五堵，那裡有一些人可以聊天，氣氛愉快融洽，那是家中缺少的，當然，他會挑林副座的班去，火車來了，他會幫忙收票、剪票。假日時，穿上黃色背心的義工服，名正言順地當起義工來。嘉明找不到合身的義工服，最小件的穿在他身上，仍然是鬆鬆垮垮的，不知情的人會以為鐵路局聘用童工呢！

嘉明和國棟暑假都是游手好閒一族，嘉明的家中由阿姨在掌權又掌錢。國二生，不到一年的時間就要面臨人生第一次大考，老師宣布暑假不強迫性的暑期輔導，全班幾乎統統要參加，嘉明回家問爸爸，爸爸問阿姨，阿姨立刻回絕：「在家自己讀，不是一樣嗎？何必浪費那個錢？」

國棟讀的正義中學，學生人數很少，全校幾乎是放牛班，放牛班的孩子誰會去補習？

「嘉明，我叔叔有一片果園，就從五堵往山裡去的地方，現在龍眼盛產期，我帶你去摘，好不好？」

「你有叔叔住五堵？怎麼沒聽你說過？」嘉明好奇地問。

「是我爸爸的朋友啦！我都叫他叔叔。」

「哦！」

兩個人約好了時間，共乘嘉明的腳踏車，當然由國棟騎，嘉明載不動他。

「阿明，我聽車站的人說，你曾經翹家搭火車到高雄，是真的嗎？」

「你不要聽他們亂說。」嘉明不好意思地說。

「義哥不會亂講話啦！他說你錢不夠，哭得唏哩嘩啦的，後來他只好拿錢借你，你才翹家成功。」

「他……講得比較誇張。」嘉明支支吾吾地說。

「難道連那個最老實的林副座也撒謊？不可能的。」國棟滔滔不絕地說。

「哇！阿明，看不出來，你是我的偶像，以前小看你了。」

「那個……沒什麼。」

「這種驚天動地的大事情，你竟然說沒什麼。阿明，你真是黑矸仔裝醬油——看不出來耶。」

「祁哥哥，那是不得已的事，要是家庭溫暖，誰要離家出走？」嘉明眼眶泛濕。

他簡單的把家中情形略述一下，國棟聽了為他打抱不平。

「哼！你爸爸真是孬種，一個大男人竟然被女人掐得死死的，算什麼男人？」

「大家都說我爸爸是老實人，老實人遇上厲害的女人，乖得像一隻柔順的貓，任人擺弄。」

「這麼說來，我家是溫暖多了，雖然爸媽天天罵我，我也被罵習慣了，沒什麼！」

「我很羨慕你喲！每天快快樂樂、無憂無愁的，多好！」

「我家的確是比較溫暖，你知道為什麼嗎？」國棟停頓一下，看看嘉明。「我家住的是鐵皮屋，夏天太陽曬得熱烘烘的，電風扇吹出來都是熱風，你說這樣的家溫暖不溫暖？」

「是喔？我聽車站的人說你家很有錢，茶葉都買很貴很貴的，還常買點心請他們吃。」

「阿明，長大以後你就知道，人偶爾要裝闊一下，才不會被人看扁。我家住的地方是又髒又亂的違章建築區，也是基隆市最見不得人的貧民區，別人知道我住那裡，都露出瞧不起的眼神。我也希望我家住在豪華別墅裡，最好裡面有花園，有游泳池，有……，哇！這些都是夢想啦！」

「我現在只想早一點離開那個家，到哪裡都可以。」

「我也想離開，老爸對我期望很高，我知道永遠沒辦法達到他的目標，他不高興，我也痛苦。」

「有一次，我不小心偷聽到阿姨對我爸爸說，等我國中一畢業，就立刻介紹我進去礦坑公司上班。爸爸說，用不滿十八歲的童工是犯法的。」

「慘了！你是她的眼中釘，不屬於他們那一國的。」

「所以呀！我越想越煩，世界那麼大，沒有人可以拉我一把。」

「可憐的阿明！」

鋪設柏油路的地段並不長，不久就轉入產業道路上，國棟騎在凹凸不平的泥土路上，車子顛簸得十分厲害，嘉明牢牢抱緊國棟的腰部，擔心被震落車下。

除了這條小路之外，還有一條輕便車道。輕便車就是礦區裡的手推車，又叫「蹦蹦車」，構造簡單，車子在兩條薄薄的鐵軌上行走，完全沒有動力，上坡

時靠人力推，下坡時工人站上踏板不費力就可快速前進，礦工們挖掘出了煤礦，經由工人推著輕便車送到村子裡集中處理。

「嗨！」

一輛蹦蹦車呼嘯而過，嘉明對車上的工人打招呼，那些工人大多數在村子裡租房子，偶爾也會到家中來坐坐。

「哇！你真是交遊廣闊，來到這荒郊野外，你也有認識的？」

「他們都是爸爸的同事，我從小看到大，當礦工很少人轉行的，一做就是做一輩子。」

「那很好啊！工作很有保障。」

「那不好，礦工長期在地底下工作，除了危險性大外，做了二、三十年後，通常會得矽肺病，常咳嗽，呼吸困難。活著很痛苦，想死死不了。」

「有這麼慘？為什麼不換工作？」

「要轉行沒有其他謀生技能，只好繼續做下去。礦坑只要一發生意外，就死一大堆人，可是不做就沒辦法生活，所以他們常說『入坑死一人，毋入死全家』。」

「為什麼？」

「進入坑道，發生意外，死一個人。不進坑道，全家要餓死。」

「哇！我第一次聽到，下次再看到礦工，一定向他們敬禮。」

國棟吃力地騎著，在一些小路上繞來繞去。

「咦？奇怪，我記得就在這附近……」

「你來過嗎？」

「我去年夏天剛來過，才一年的時間，就不認得路了。」

再騎了五分鐘，終於找到了，兩棵高大的龍眼樹矗立在許多不知名的雜樹中。龍眼樹的外圍有簡單的圍籬笆，簡陋的大門口鐵將軍把關。

「大門鎖著，你叔叔不在。」

「沒關係，叔叔不在，我們自己進去？」

「怎麼進去？」

「簡單，翻牆進去。」

籬笆很簡陋，國棟衡量一下，爬上去再跳下來，嘉明有點膽怯，從來沒有做過翻牆的事，跟著國棟來到這裡，也不容他說不了，只好跟著翻牆。

國棟像一隻靈活的猴子，很快爬到樹上。他摘了一串丟下來，一顆顆的龍眼滿地滾，嘉明撿了幾顆來吃，哇！好甜。

國棟在樹上吃得很開心，龍眼殼和龍眼子不斷丟下來。

「喂！小子，好不好吃？」國棟在樹上喊著。

「好吃。」

當他們吃得忘我的時刻，忽然國棟快速溜下樹來。

「不好了，主人來了，趕快逃！」國棟神色慌張地說。

「什麼事……」

「不逃會被抓去剝皮。」

國棟用最快的速度翻牆過去 ，嘉明緊跟著翻過去。

「你騎腳踏車，我用跑的，這樣比較快。」國棟倉皇地說。

嘉明莫名其妙，搞不清楚什麼狀況，遠遠的聽到那園子裡傳來「小偷！小偷！」

他嚇得跨上腳踏車，拚命踩動輪子，國棟拔腿就跑，健步如飛。

騎了十幾分鐘，看到國棟蹲在地上休息，還不斷喘著大氣。嘉明停下腳踏車來。

「嚇死我了！」國棟心有餘悸。

「你不是說是你叔叔的果園？」嘉明生氣地說。

「對不起啦！是我同學的叔叔，去年他帶我們來，叔叔不在，他說他叔叔很少來這裡，誰知道今天來了。他叔叔很兇，有小孩偷採水果，被抓到的下場是綁起來，吊在大樹那裡，好可怕。」

休息片刻，國棟突然起身，對嘉明說：「快走！否則那個人追過來就完了。」

國棟去搶腳踏車。「這次換你用跑的，我騎車。」

嘉明急得快哭出來。「我跑輸那個人……」

國棟停下來。「來吧！我載你。」

嘉明跑過去，跨上腳踏車後座。

※　※　※

一個沒有風的下午，一列上行列車進站了，站長早就在車站等了。下車的旅客不多，車子又緩緩開動了。

有三個旅客下車後，行動鬼鬼祟祟，個子最高的那位戴著棒球帽，帽沿壓得很低，刻意避開站長的視線。經過剪票口時，剪票員阿德把他的帽子掀起來，露出一顆光頭來。

「小祁，幹嘛？你要去當小偷喔？」

國棟將食指放在嘴唇上，低聲說：「噓！不要被老猴看到。」

「你又幹什麼壞事？怕站長發現。」

「不是啦！他看到我就要碎碎唸。」國棟介紹說：「阿德，這是我老媽和小妹。」

「哇！好竹出歹筍。」

「胡說八道，我家不出產竹筍，要吃竹筍要到菜市場買。」

國棟帶著媽媽和妹妹，走到白老爹的麵攤。

「小子，又是要陽春麵？」白老爹口氣懶洋洋的，用不屑的口氣問。

「老爹，三碗牛肉麵！」國棟頭仰得高高的，故意喊得很大聲。

「喔！臭小子，中愛國獎券了？」

「告訴你，今天我妹妹去參加汐止福天宮的歌唱大賽，得到第一名，獎金五千塊。」國棟得意洋洋地說。「我對老媽說，你的牛肉麵料多湯又濃，比基隆廟口的牛肉麵還好吃，所以回家途中，特地下車帶她們來吃。白哥哥，你可別漏氣，牛肉要多放幾塊。」

白

「誰是你白哥哥？鬍子找不出幾根來，就在跟我這個老頭子稱兄道弟。」白老闆臉紅脖子粗，像在生氣的樣子。

國棟的媽媽為眼前的衝突嚇著了，吃一碗麵就搞得快起衝突，早知道就不來了。「國棟，不要沒大沒小的，老闆的年紀可以當你爸爸了，要知道敬老尊賢。」

白大嫂立刻過來打圓場。「祁媽媽，妳不用擔心他們，他們平常就是那個樣子，老的不像老，小的不像小，整天吵吵鬧鬧的，時時刻刻講一些瘋話。」

「他們……有那麼熟？」祁媽媽很訝異。

「小祁放假常來車站當義工，我先生看到了，就叫他來麵攤幫忙，兩個人在一起就鬥嘴，越鬥越熱鬧。還好，我沒生兒子，連生四個都是千金，如果生兒子，大概天天鬧翻天。」

「哦！原來如此，害我嚇一跳。」祁媽媽鬆了一口氣。「他在這裡能做什麼工作？在家裡都叫不動的。」

「他能做的事可多了，端盤子、收碗盤、整理桌子，還會招呼客人。吃飯時間到了，他就站到馬路上拉生意，本來人家只是路過，被他一喊，肚子就真的感到餓了，他在這裡，生意會多兩成。」

「媽，妳們都小看我了，我只是比較不愛念書而已，做生意是一把罩。」國棟無奈地說。

「他們兩個在一起就像哥倆好，講話瘋瘋癲癲的。我老公本來就怪我連生四個賠錢貨，叫她們來麵攤幫忙，全都找藉口不來。男生就是好那麼多，活潑又勤快，小祁太久沒來，我老公會想念他。」白大嫂說。

「我老公也是這麼想，說養女兒是賠錢貨，長大嫁出去就是別人的。妳看看，我女兒叫祁珍珠，又會讀書，又會唱歌，才十歲而已就打敗一大堆大人，以後準備去當歌星，賺大錢，誰敢說生女兒沒有用？」

白老爹端一盤滷豆干、海帶和滷蛋，放在桌子上。

「唉！女孩子呀！長大交男朋友，然後被人家追走了，結婚了，姓別人的姓，你會發覺都白養了，傳宗接代都沒她們的份，我白家到我這一代就算絕種了，唉！」白老爹唉聲嘆氣著，沒有兒子是他這一生最大的缺憾，本來還希望太太繼續努力，一直到生出男丁為止，誰知太太偷偷去結紮。

「老爹，我可沒點這些小菜。」國棟說。

「放心，我這盤是免費奉送的。」

「全五堵最吝嗇的老闆，今天會請客，待會兒天空恐怕會下紅雨。」國棟挖苦著。

「妹妹，妳長得好可愛，才十歲就會唱歌賺錢，我家那四個女生只會捧著書本讀書，以後一個一個嫁掉，家裡剩下我們兩個老伴，人生白忙一場了。」白老爹對珍珠說。

「奇怪耶，他們男人都重男輕女，我覺得女兒比較貼心。」

祁媽媽對白大嫂說，兩個女人越聊越有勁，時而竊竊私語，時而哈哈大笑。

白老爹忙著煮麵，過了半晌，三碗冒著熱煙的牛肉麵端過來，肉香四溢。

三個人拿起筷子，同時動手。

「媽，從基隆搭火車來這裡吃牛肉麵，一定還划算喔！」

「嗯！好吃。」

三個人臉上都漾著滿意的笑容。

一隻小狗來到國棟腳邊磨蹭，他彎下腰，將牠抱起來玩。「媽，這隻狗叫小黃，是進興收養的流浪狗，寄放在這裡，要白老爹幫他照顧。」

「他自己要收養，不放自己家裡，要別人代養，很奇怪呢！」

「不奇怪，他家住大樓，不能養狗，養在車站好幾天，後來站長發現了，要他把小狗送走，只好送來這裡。」

「哇！哥，你們這裡都是好人，人人充滿愛心，充滿人情味。我以為我的哥哥只是一個愛打架、愛逃課的男生，沒想到你們這裡都是那麼好的人。」

「沒什麼啦！車站的人和我都很熟，站長不准他在車站養動物，進興被逼得走投無路，我當然答應幫他養，養兩個月長大很多，小黃要改叫大黃了。」白老爹摸摸頭，不好意思地說。

「這隻小狗的福氣大，要不是遇上你們這些善心人士，現在大概在郊外當流浪狗。被你養得健康活潑，多幸福啊！」祁媽媽說。

「媽，白老爹這麼好心，應該提名好人好事，讓大家都知道。」珍珠天真地說。

「小妹妹，不要這麼說，那些當選好人好事代表，大都是捐獻幾百萬、幾千萬的大善人，怎能跟他們比？我只是一個小人物而已。」白老爹謙虛地說。

「為善不欲人知，真是大好人，五堵好地方，處處有溫情。」祁媽媽說。

「哪有？不過是小老百姓賺錢養家，只求溫飽而已。」白太太說。

「我們家小祁呀！以前一放學，不是往撞球間跑，就是去打電動玩具。不知道從什麼時候開始，喜歡往五堵跑，我以為學校裡有正妹，結果不是。」

「他不是在車站和那些人鋪天蓋地的胡扯，就是來找我老公練瘋話。這些男生呀！很奇怪耶，講話都喜歡瘋瘋癲癲的，年紀相差一大截也沒關係。」

「物以類聚。」

第八章

小祁的十八歲生日

祁國棟的十八歲生日快到了，爸爸在基隆的餐廳訂了一桌宴席，作為慶祝獨子邁向成年的賀禮。祁爸爸邀請幾位軍中的老同事、兩位老鄰居，祁國棟堅持還要邀請兩位，一位是正義高中的導師康老師，一位是五堵車站的林副站長。餐廳訂在基隆火車站附近的新陶芳餐廳，方便外地來的朋友找尋，距離火車站不到五分鐘的路程。

林副站長並沒有打算要參加，小祁每天上學、放學經過車站，就去纏著他，纏到他不得不答應。

「那天我要不要穿西裝？穿新皮鞋？」林副站長問。

「隨便你，別人可能穿得比較隨便一點。」

「紅包要包多少？」

「對不起，老爸說這次是不收紅包的，收紅包就像趁機揩油，誰還會去？」

林副站長那天剛好是日班，下班搭火車去基隆。走出火車站，左方就是碼頭，巨大的船隻停靠在碼頭邊，十分高大醒目。餐宴訂在六點半，時間還早，他隨意在碼頭附近逛逛。以前當列車長時常常來這裡，甚至在這裡過夜，不當列車長後，就不曾再來基隆了。

找到餐廳，他原以為場面盛大，可能請了十幾桌，到了餐廳，才知道只請了一桌。

祁老先生首先介紹他軍中的老長官，以及多年的老鄰居，再來介紹林副站長和康老師。

「林副站長，非常榮幸能請到您來，」祁老先生恭敬地說。

「很榮幸來參加這次盛宴。」

「我們家鄉特別重視男孩子成年，男丁背負的責任十分重大，所以按照古禮要宴請諸親友。」

「林副站長，歡迎光臨。」祁媽媽笑容可掬，她塊頭不小，說話口音帶著濃濃的原住民腔調。「我本來邀請台東老家的哥哥姐姐們一起來，誰知道鄰居的表哥表妹知道了，全都要來，村子裡的人也都要來。我算一算，大概要請十桌才夠，包一輛遊覽車還不夠，旅社大概要包下好幾家，只好騙他們說取消了。」

「哈！鄉下地方，村子裡左鄰右舍都有親戚關係，請了這個，不請那個，說不過去啊！要嘛請全村都要來，隔壁村的如果知道了，也會有一大堆人來，都認識嘛！」

祁老先生講話中氣十足，不像是七十多歲的人，他鄉音濃厚，不注意聽的話會聽不清楚。

他又向國棟的老師敬茶水。

「康老師，國棟這孩子在學校一定給您添了不少麻煩，謝謝您的包容，謝謝您的教導，謝謝您的費心費力。」

「祁先生，那些都是當老師應該做的事，沒什麼該謝不謝。國棟這孩子在學校比較頑皮，比較好動，很難靜下來看書、聽課。不過，他的腦筋滿聰明的，雖然不愛讀書，成績也都保持在中等。」

「本來希望他長大以後光宗耀祖，進而成為國家棟梁，今天他十八歲了，眼看那些期望都要落空了，現在只希望他早日完成學業，早一點結婚生子，為我們祁家傳宗接代。」

「那麼，小祁可以去改名字，改叫祁傳宗。」康老師說。

「老師，您真幽默。咱們中國人最重視傳遞香火，香火斷了，就對不起列祖列宗。」

「人家外國人不講香火，還不是一樣過得好好的，外國年輕人有些人結婚前就講好不生孩子，兩個人生活多自由啊！」小祁的媽媽說。

「我們是有五千年悠久文化的民族，和那些洋鬼子不一樣。祁家在大陸河北是大戶人家，沒想到我老祁因戰亂跟著軍隊來到台灣，我們祁家於是在海外開花散枝，這是天意啊！禪宗達摩說：『一花開五葉』，我來台灣只開了一葉，真是對不起老祖宗啊！」

「老頭子，你真是重男輕女，珍珠難道不是你的女兒？」

「女兒長大嫁人，就改姓其他的姓，不再姓祁了。」

「爹地，我不要嫁人，我要一輩子姓祁。」珍珠天真地說。

「女娃不嫁人，也不能傳宗接代，國棟可以一花開五葉，甚至可以開十葉。」

「老爸，你是要組織籃球隊，還是棒球隊？如果是棒球隊，人員還不夠。」

第一道菜上來了，大家早已飢腸轆轆了。

吃過幾道菜後，小祁的媽媽為大家倒上啤酒。林副站長不習慣喝酒，極力推掉，祁媽媽對他說：「不會喝酒算什麼男人？國棟不滿十八歲以前，他爸爸不准他喝酒，現在成年了，當然要學一學男人的事，不能一輩子當小孩子。」

祁老先生向大家敬酒，只有珍珠喝的是果汁，其他的人都是啤酒或高粱酒。

祁老先生向林副站長敬酒。

「副座，國棟常常去車站打擾你們，非常不好意思。」

「沒關係，他到車站當義工，大家都歡迎。」

「這小子從小就喜歡看火車，我家離平交道很近。想不到他自己要到車站當義工，在家裡什麼事都不肯做，叫他幫媽媽洗碗、掃地，他都不願意。」

「他在車站做事很勤快，站長說他如果偷懶，那件黃色義工服就不給他穿。」

「謝謝你們看得起他。我想，他去車站當義工，總比去撞球房啦、打電動遊戲機啦、咖啡廳啦！都要來得好。只擔心去車站，給你們添麻煩。」

「不會啦！他是我們的開心果，有他在，氣氛熱鬧多了。有時候託他買個點心或去辦點事情，他很勤跑腿，從不推拖。」

「哦！這個死孩仔，在家裡叫他去幫我買瓶醬油、買包鹽，他都不肯，怎麼差那麼多？」小祁的媽媽不悅地說。

「小孩子都是這樣啦！」林副站長連忙打圓場。「本來我希望他請站長一起過來，他說不要，說站長很兇。站長是比較嚴肅，比較古板，不過他是面惡心善。」

「祁老先生，請問您家住在基隆的哪裡？改天我要約個時間去做家庭訪問。」康老師問。

「老師，不用了，我們家住的是違章建築，見不得人。」

林副座聽了很意外。「祁老先生，您太客氣了，我聽小祁說，您家的家境很好。」

「你別聽小孩子胡吹亂蓋，我當一輩子的士官長退伍，為了養這個家庭，只好再去當大樓的保全。我們家住的地方是夜不閉戶，你羨慕吧？因為那裡是基隆的貧民區，大都是鐵皮屋、違章建築，小偷不會笨得去偷貧民區。」

「祁老先生，您太客氣了。」

「老師，我講的是事實，就怕你見笑了。」祁老先生說：「我們在那裡住了快二十年了，家家戶戶不鎖門，從來沒聽過誰家丟掉東西。最近我買了兩千多元的茶葉禮盒，要送給以前軍中的老長官，誰知道被小偷偷了。過了半個月，我再去買一次，又一樣被偷了，看來我家附近出現專偷高級茶葉的小偷。」

「這小偷有雅癖，不偷黃金鑽石，不偷台幣美鈔，這小偷品味滿高的喔！」康老師笑著說。

祁國棟坐立難安，耳根子發燙。他擔心林副座會揭發事情真相，那可就糗了，不過至宴會結束，林副座都沒揭發，只是偶爾會抿著嘴偷笑。

※　※　※

嘉明的阿姨肚子越來越大，每個月都去做產前檢查，現在的儀器真高明，小嬰兒在肚子裡的活動都看得到。以前女人生孩子，要到嬰兒呱呱墜地那一刻，才知道是男生或女生，現在都提早揭曉。阿姨肚子裡是女生，雖然她嘴巴說女生比較貼心，其實愛男孩愛得要命。

預產期還有一個星期，家中早就在準備迎接新生命的降臨，小嬰兒的東西準備了許多。

這天是豔陽天，早上爸爸和往常一樣去上班，嘉明不用上學，但是他也不想待在家裡，八點多時，他就走到長安國小的運動場上，看看那些小學弟練棒球。

長安國小是五堵唯一的小學，學校雖小，棒球風氣卻很盛，嘉明曾經是棒球隊的一員。打球雖累，在練球、打球的過程中，卻可以忘掉家中的不愉快。

上了國中以後，學校裡沒有棒球隊，一些棒球的基礎都荒廢了，假日偶爾回母校，看看小學弟練棒球，有時候缺人，他就下去遞補，重溫在棒球場上的歡樂時光。

中午，滿身大汗回到家，家中意外的靜悄悄，廚房裡都沒有動靜，餐桌上也不見午餐。正在納悶時，怡君走到客廳來。

「我媽媽身體不舒服，她叫你自己弄泡麵吃。」

「哦！」

「她哪裡不舒服？」

「肚子痛。」

「肚子痛？家裡好像還有半瓶胃腸藥，我上次肚子痛，吃了很有效。」

「傻瓜！」怡君嘴巴翹得高高的，回到她的房裡。

嘉明如丈二和尚摸不著頭緒，他不想自討沒趣，自己先煮個泡麵加一顆蛋，吃完後去浴室沖個澡，洗去滿身的汗臭，再去睡個午覺。這個時間，距離高中聯考不到一年，同學們都去學校上輔導課，或去補習班補習，他只有把老師規定的暑假作業寫完就滿足了。

睡醒時，已經兩點多了。無聊的下午，他拿出英文單字來背。忽然聽到細細絲絲的哀號聲「哎唷！哎唷！」他走到客廳，聽到是從阿姨的房間傳來的，他心中大駭，不知發生什麼事情，又不敢貿然到阿姨的房裡。

他在客廳踩著方步，焦急得不知該怎麼辦，後來終於壯起膽子來，去敲一敲阿姨房間的門。

「阿姨！阿姨！」

「阿明，你進來。」

他輕輕推開門，房間內陰暗，阿姨躺在床上，臉色十分蒼白。怡君在她旁邊，慌得不知所措。

「阿明，我……快要生了，你打電話叫你阿爸快回來。」阿姨虛弱地說。

嘉明趕緊到客廳，慌慌張張地打電話到公司，公司的人說他下去坑道裡，沒辦法接聽，立刻掛斷了。

「阿姨，阿爸在坑道裡，沒辦法聽電話。」嘉明看看阿姨臉上的表情十分痛苦，擔心小嬰兒等不及生出來，該怎麼辦？「阿姨，我帶你去醫院，長安醫院很近，走路去就可以。」

「不行！長安醫院沒有婦產科，我都在汐止火車站前面那家蕭婦產科看的，我去那裡生。你幫我看看，幾點有火車？」

「阿姨，妳不要搭火車，萬一在火車上生了怎麼辦？到汐止站以後，下車要走天橋，出站後再走五十公尺，太危險了！坐計程車去，直接坐到蕭婦產科門口。」

「坐計程車？很貴哪！」

「姨媽，錢不夠的話，我撲滿裡還存有一些錢，再不夠的話我去車站借。」

姨媽考慮一下，說：「好吧！坐計程車去，可是我們村子裡哪裡有計程車？」

「我去車站找，車站前面有時候會停一、兩輛計程車。」

嘉明跨上腳踏車，衝向火車站，到了車站前的小廣場，竟然空蕩蕩的，他好失望。不搭計程車時，計程車滿街跑，要搭時連一輛都看不到，全都消失得無影無蹤。

他好急，叫不到計程車，萬一等不及在家裡出生了該怎麼辦？爸爸不在家，我又沒經驗，該怎麼辦？

停好腳踏車，走向車站求援。他希望是林大哥的班，進去車站一看，是站長在上班，他的心涼了半截。站長看起來老是冷酷無情，不苟言笑。

「小朋友，你來搭火車？」站長主動對他打招呼，他感到意外。

「站長好！」

「今天來當義工嗎？」

「不……我姨媽快要生了，找不到計程車……」

「不早說，我們這裡有幾家特約的計程車行，萬一旅客有需要，我們可以代為服務。」

站長打開抽屜找簿子，一面問嘉明家的地址。電話號碼找到了，站長親自打電話。電話打通了，交代完畢，嘉明心中由衷感激。找不到計程車是一件極為扎手的事，小嬰兒生在家裡怎麼辦？站長的一通電話就解決了他的難題。

「十分鐘後就會到你家門口。」

「謝謝！」

「上次叫林副站長做壁報，做得很好，副座說你是大功臣，謝謝你哦！」

「不客氣。」

他趕快騎車回家，阿姨和怡君已經準備好住院的東西。不到十分鐘，計程車就停在他家門口，三個人一起上了車。

到了蕭婦產科門口，嘉明扶姨媽下車，姨媽的叫聲引起護士的注意，出來協助姨媽。經過一番折騰，好不容易將她帶到病床上。

「怎麼現在才來？孩子都快出來了。」護士責備說。

不到二十分鐘，小嬰兒的頭就探出來了。

在醫院裡幫不上忙，他對怡君說：「我去找阿爸。」

他搭火車回五堵，回到家，再打電話到礦場找爸爸。那個人接了電話，大喊幾聲爸爸的名字，過了幾分鐘就回應說不在，電話就掛掉了。

他越想越氣，礦場的人明明敷衍了事。他騎著腳踏車去找。他曾經去過礦場兩次，一次是爸爸上班太匆忙，忘了帶便當，另一次是有急事去礦場找阿爸。

他不愁找不到人，那些礦工一半以上都認得他。

他的兩條腿用力踩著踏板，腳踏車跑得飛快，衣服被風吹得鼓鼓的。心中只想早一點見到阿爸，把好消息告訴他，讓他早一點到醫院看看新生的女兒。

終於看到礦場辦公室了，他騎得氣喘吁吁的，胸前起伏很大。放好腳踏車，他衝進辦公室，一個老頭子抬起頭來。

「你找誰？」

「劉進泰。」

他看看手腕上的手錶。「這個時間在浴室，浴室在哪裡，知道嗎？左邊進去一直走就會看到。」

「謝謝！」

嘉明依著他所言走著，大約十幾公尺的地方，一個大房間門虛掩著，裡頭傳來陣陣沖水聲以及喧嘩聲，應該是這裡吧？裡面會不會是歐巴桑的浴室？他貼著耳朵靜靜聽，確定都是男人的聲音，才壯起膽子推開門進去。

進去浴室，他愣住了，屋內水氣氤氳，大約有七、八個男人全身赤條條的，大家看到一個陌生男孩闖入，同時停止動作，眼睛一致看著他。他羞得眼光不知該落在哪裡，窘得不知如何應付這個場面。

「要洗嗎？快脫了。」一位光溜溜的男人問。

「不，我來找阿爸。」

「我們這裡都是當阿爸的，也有當阿公的，你要找哪一位？」

「劉進泰。」

「哦！他在後面那間洗。」

「謝謝！」

浴室並不寬敞，他得穿越過許多赤裸身體才能走到後面那間。到了那一間，五、六雙眼睛同時投向他，要找出哪一位是他阿爸並不容易，正躊躇猶豫時，他阿爸走向前來問他：「你來這裡幹什麼？」

看到裸身的阿爸，他窘得想鑽到地下去。「是……阿姨……生了。」

「不是還有一個禮拜？」

「小孩子等不及了，提早出來叫阿爸。」嘉明說。

「剛出生就會叫阿爸，阿泰，你生的孩子是天才喲？」一個在洗澡的男人插嘴說話。

「等我沖一沖，馬上好。」阿爸又對其他的人說：「阿財，你跟領班講一下，老婆生了，我提早下班哦！」

「好啦！好啦！趕緊去。又不是第一次當爸爸，緊張什麼？」

嘉明到浴室外面等，不到五分鐘就看到阿爸出來，一面走路一面扣衣服的鈕扣。

「在哪一家醫院？」

「汐止蕭婦產科。」

「我載你去。」

「我的腳踏車呢？」

「先放這裡，明天我再載你來騎回去，放這裡不會弄丟。」

阿爸跨上摩托車，嘉明跨上後座，車子飛馳在山谷間。山路顛簸不平，阿爸騎得很快，嘉明差點兒飛出去，他只好用力抱緊阿爸的腰。長那麼大，第一次感覺和阿爸的距離那麼近。

第九章

夏日露營

五堵位在基隆河畔，兩岸多山脈、丘陵。五堵車站、小村落，還有號稱五堵最高學府的正義中學，都是位在基隆河的西側。

在基隆河的東側有一條小河，叫做友蚋溪，友蚋溪在山區中蜿蜒曲折而行，在五堵注入了基隆河。友蚋溪是五堵地區小朋友夏天戲水的地方，它有一些特性，兩岸住家不多，隱密性高，水質十分清澈，水流平緩，最深的地方很少超過兩米深，所以到了夏天，成了小朋友的天堂。

嘉明向林副站長提過這個地方，沒想到他也想去。

「我喜歡露營，不喜歡去人工經營的露營地，喜歡去那種天然的地方，有山

有水。」

「我能不能參加？」

「當然可以。」

祁國棟知道了，他也要參加一份。

林副站長挑好日期，向鐵路局請假。嘉明和國棟第一次參加露營，心中充滿了期待。

※　※　※

那天是一個晴朗的日子，三個人約好中午兩點，在五堵街上的長安醫院前面會合。長安醫院是五堵唯一的一家醫院，規模並不大，比起一般的診所稍大而已，醫師只有一位，他姓蘇，家人都在日本，他為了回饋故鄉，返鄉開了這家醫院來為礦工服務。

林副站長騎著摩托車，摩托車後面綁著帳篷、睡袋、炊具等，後座還有一位十歲的男童。出門在外，他要大家叫他林大哥，不准叫副站長、副座。

嘉明和國棟共騎一輛腳踏車。

「他叫陳偉山，住我家隔壁，跟我露營好幾次了。別看他年紀小，露營經驗可豐富了，從幼稚園時就跟著我南征北討，到處去露營。」

「嗨！大家好。」他露出可愛的笑容，向大家打招呼。

「小朋友，你到外面露營，爸爸媽媽不會擔心嗎？」國棟問。

「只要是跟林大哥出門，我的家人就放一百個心。」

「你們還缺什麼東西？我們要出發了。」林大哥說。

「喔，我還要去補一些貨。」國棟說。

一行人到雜貨店，國棟買了一堆餅乾、零嘴，才高高興興上路。

經過基隆河，在一條三、四米寬的柏油路行駛不久後，就彎入崎嶇的羊腸小路，路況很差，車子跳動得很厲害，騎車和被載的人都不舒服。

不久就聽到嘩啦嘩啦的水流聲，騎到河邊的沙灘上，他們下車來尋覓紮營的地方，四個人往上游溯溪，選定了一處小溪迴轉的地方，溪旁的空地平坦寬敞，是紮營的好地方。

大家忙著搬東西、紮營，工作做好後，偉山拿著一支釣竿和幾片麵包，準備要去釣魚。

「你帶那些吐司是當點心？」國棟問。

「不，這是我釣魚用的餌。」偉山說。

「魚也愛吃吐司麵包？」國棟問。

「是啊！」

偉山說完，帶著他的釣魚裝備往上游溯溪而上。

「哇！這小子有模有樣，看起來有釣魚專家的架式。」國棟看那小男孩，小小年紀，一副經驗老到的神情，心裡很不是滋味。

「他呀！露營的經驗豐富，從來不用我操心。」林大哥笑著說：「偉山的爸爸媽媽都在夜市做生意，沒時間盯緊他的功課，所以每次考試都是倒數前十名。

後來跟著我出來露營，愛上了野外生活，尤其是釣魚。他爸爸跟他約法三章，考試要考前十名才可以去，為了來露營，他拚命用功，以後考試真的都在前十名。」

「他運氣真好，有你這個大哥哥當鄰居。」嘉明說。

嘉明和國棟拿出游泳褲來，找個隱蔽的地方換，換好後迫不及待想下水玩。

「你們兩個去玩水，要互相照顧，在野外一不小心就會有意外。」林大哥再三叮嚀著。

「放心，這個地方我來過好幾次。」嘉明說。

林大哥去換游泳褲，換好後直奔溪中。國棟猛向他潑水，寧靜的小溪裡水花四濺。

國棟的水性特佳，在清澈的溪水裡翻滾著，一會兒蛙式，一會兒自由式，過一會兒又是仰著頭漂浮在水面上。嘉明在淺水處玩，時而鑽到水裡，不久又冒出水面來。在炎熱的氣候裡，清涼的溪水是最能消除暑氣的方法。

玩了半個鐘頭後，林大哥到岸邊沙灘上休息，國棟跟著上來。

「老林，你很白耶！」國棟摸摸林大哥上半身白皙的皮膚。

「你也是。」

國棟從背包裡拿出一包香菸來，拿出一根請林大哥，林大哥拒絕了，他兀自拿出打火機來點菸。

「你才讀高中就學會抽菸，太早吧？」

「我家隔壁阿伯說他十五歲就結婚，十六歲當爸爸，早晚有關係？抽菸、喝酒都沒什麼嘛！」他長長地吐了一個菸圈。「還沒十八歲之前，我早就偷偷嘗試過抽菸、喝酒，十八歲生日以後，一切都解禁了，做什麼事都光明正大，不用再躲躲閃閃，我老爸甚至希望早日當阿公呢！」

「沒有人規定大人就要抽菸、喝酒，一旦上癮了，既花錢又傷身體，真不划算。」

「可是……你不覺得這樣比較有男子漢的氣魄？」

「不覺得。」

「就像跳車，你們不覺得什麼，我們同學都覺得跳車很酷，很拉風。我教他們兩手拉住車廂上的把手，車子還沒停穩時就往月台跳，很刺激喲！」

「小祁，怎麼勸你都勸不聽，跳車是很危險的。阿義前幾天調車時跳車受傷，現在還在請假。」

嘉明走過來，聽到阿義受傷，十分關心。「阿義受傷喔？嚴重不嚴重？」

「骨折，打上石膏，醫生說大約要兩個月才會痊癒。」

「你叫我不准跳車，義哥不就因為跳車，才會受傷？」國棟反問。

「他們跳車，是不得已的事，五堵車站有一條貨櫃專線，他們在工作時，如果不跳車的話，調車時間會拉長好幾倍。延長貨車調車時間，大家都不願意，只好冒著危險跳車。」林大哥嚴肅地說。

「如果不跳車，我要去飆車。我常常吵著要老爸買重型機車給我騎，至少要一百五十西西的，騎起來才過癮。我要跟大卡車賽跑，要跟火車賽跑，轉彎的時候，我要把身體壓得很低很低，哇！那樣真的帥爆了。」國棟下巴抬得高高的，很臭屁的樣子。

「小子，你不要命啊！」林大哥說。

「呵，你講的和我老爸講的一模一樣，我就回他一句，什麼『生死有命，富貴在天』，他常說人的命運都是註定好了，該活幾歲也都註定好了，既然這樣，還怕什麼？死不了的。」

「國棟哥哥，你不要那麼鐵齒，好不好？有空我們去醫院看義哥。」

「阿義在醫院住一天而已，已經回家去休養。」

「唉！義哥怎麼會那麼倒楣？」國棟說。

在大家唉聲嘆氣中，偉山拿著釣竿，提著水桶走過來。

「槓龜喔？小鬼。」國棟問。

偉山笑瞇瞇地走過來，得意地說：「自己看吧！」

國棟跑過去看，水桶裡大約有十幾條小魚。

「哇！你可以去菜市場賣魚了。」嘉明說。

國棟探頭一看，嚇了一跳，沒想到這裡有那麼多魚。

「有一些小魚貪吃，我都把牠們丟回水裡去，讓牠們繼續長大。」偉山說。

「這些魚還不夠小嗎？我老媽煮的魚都很大。」國棟質疑。

「這種魚叫溪哥仔，長最大就是這樣而已，牠生長在台灣的小溪，山中的餐廳有一道山產叫『炸溪哥』，就是這種土生土產的小魚，在城市裡是吃不到的。晚上我們拜託林大哥為我們煮一鍋魚湯，現撈的味道最鮮美。」

「小鬼，我拜你為師，帶我去釣溪哥。」

「我也要。」嘉明說。

小小年紀，成了大哥哥的英雄。

夜晚，涼風習習，月色朦朧，深藍色的天幕上繁星閃閃，像是無數雙眼睛在眨眼，閃閃爍爍，十分逗人喜愛。

「嘉明、國棟，你們兩個人明年這時候都要面臨大考，有什麼打算？」林大哥問。

「老爸一直希望我參加大學聯考，還要我去補習，花多少錢都沒關係。我知道鐵定考不上，那些錢都是白花的。」國棟懊惱地說。

「考不上大學怎麼辦？去找工作？」

「我想去考軍校，老爸不准，他常說『萬般皆下品，唯有讀書高』，要我好好讀書。我妹妹讀書讀得好，他卻希望她早一點去當歌星賺錢，像鄧麗君一樣。」

「嘉明，你呢？要考台北地區的高中聯招？還是考基隆地區？」

「我……不知道，我想考基隆中學，不知道能不能考得上。」

「台北的競爭大，你的成績不錯，應該去考台北地區，三年苦一點，有競爭壓力，三年後的大學聯考就容易了。」林大哥分析給他聽。

「可是，我阿姨說叫我讀正義高中就好了，離家近，很方便。」

「你讀正義高中，就沒希望考上大學了。」國棟說。

「是啊！你看小祁不愛讀書，都可以考上前十名，你去讀那裡，每次都考第一名，有什麼用？目標是考大學。」林大哥說。

「我們學校每個年級只有兩班，兩班都是放牛班，所以老師不會認真教，認真教沒有人肯認真聽，教了沒用。」

「我……實在很煩惱，沒有權利決定自己的前途，真悲哀！」嘉明很苦惱。

「我也是，老爸一心希望我考上大學，光宗耀祖，他說考上後一定要盛大遙祭河北祁家列祖列宗，祁家海外分支第一次出現大學生。」小祁嘆口氣說：「我明知道自己不是讀書的料，所以希望去讀軍校，不管是正期生、專科班或技術學校，可是老爸腦筋頑固，他說他幹一輩子軍人是不得已，不希望我又當軍人。他常說『好男不當兵，好鐵不打釘』，都什麼時代了，思想還那麼老舊。」

「小祁，還有一年的時間，慢慢去說服你爸爸，否則大學考不上就要去當兵了。」

「唉……」國棟嘆口氣。

「嘉明，我突然想到一個點子，你不要參加高中聯考，你去參加師專考試，畢業後就當小學老師。」

「可以嗎？」

「當然可以，不過要拚。讀師專五年都免費，畢業後又有工作，你考上後，一切生活問題都解決了。」

「師專在哪裡？」

「台灣有好多家，台北師專、新竹師專、台中、嘉義、台南、屏東等，你可以挑選一家和它拚一下。」林大哥說。

「高雄沒有嗎？」嘉明問。

「高雄沒有，高雄是高師大，高中畢業才能考。」

「很可惜，高雄的姨媽很疼我。」嘉明想了一下說：「或許可以考慮考台南師專，離高雄不遠，可以常去看姨媽。」

淙淙流水聲在耳畔響著，青蛙的叫聲此起彼落，偶爾傳來夜鷺粗啞聲音，大自然的聲音太豐富了。四個人由於下午的勞累，早就昏昏欲睡，伴著大自然的催眠曲，很快就進入夢鄉。

※　※　※

黃昏時刻，天色逐漸暗了下來。

雖然太陽收斂起白天的囂張跋扈，五堵的街道上還是感到十分燠熱，許多男人洗完澡後，只穿著一件寬寬鬆鬆的四角內褲，上半身打著赤膊，就這樣在街上晃著。

嘉明讀小學時，也都是如此，只穿著一件內褲就滿街跑，上了國中以後才感到不好意思了。

吃過晚餐後，嘉明到門口吹吹風，屋外比屋內還涼爽。他遠遠的看到朝春伯走過來，身上只穿著一件大大的四角內褲。

「嘉明，你阿爸在嗎？」

「在。」

嘉明進屋子去，一會兒他和爸爸出來。

「朝春，進來坐。」

朝春伯搖搖頭，做了一個喝酒的動作。

嘉明的爸爸一看就懂了，大聲對屋子裡大喊：「老婆，我去朝春仔家泡茶。」

「哦！」

兩個男人並肩走著，低聲談著話。嘉明的爸爸轉頭對他招手，示意他一起過來，他跟在他們後面走。

朝春伯是福州人，有很濃很重的鄉音，一般人很難聽懂他的話。嘉明的爸爸和他相處久了，很有耐心仔細去聽，所以兩個人交情比較好。

走不到一百公尺就到朝春伯的家，他沒有結婚，至今仍然是單身漢，有事常找嘉明的爸爸幫忙。

到了他家，朝春伯拿出一瓶紹興酒來。

「老劉，今天陪我把這瓶幹光。」

「今天是什麼日子？」

「唉！難過的日子。」

嘉明的爸爸掏出一百塊錢，遞給嘉明說：「去白老爹那裡切一些豆干、花生和豬耳朵。」

嘉明拿了錢，快快樂樂地跳耀著去買滷味，朝春伯孤家寡人，沒有家人，所以把嘉明當作親人，常常會塞一些零用錢給他。朝春伯的話很難聽懂，仔細去聽，十句只聽懂兩、三句，不過他還是喜歡朝春伯。

買回來後，他發現朝春伯在哭，阿爸在旁安慰他。他很好奇，搬一張小板凳坐在旁邊聽。

「我娘如果還活著，今年正好八十歲，嗚嗚……連做夢也不曾夢到，嗚嗚……」

「見面了，你認得出你娘和你爹嗎？」

「嗚嗚……我離家時是九歲娃，現在是五十歲的老翁，她怎麼認得我？我也不認得她，嗚嗚……」

「一人一款命，你命中註定與父母無緣，只能認命吧！」

「嗚嗚……」

「來吧！喝一口酒解解悶。唉！人生不如意十常八九。」

嘉明的爸爸舉起杯子，輕輕啜了一小口，朝春伯狠狠把一杯紹興酒喝光。

嘉明拿起筷子，悄悄夾起一塊豬頭皮切絲，送入口中，那種滋味令他忍不住夾第二塊，第三塊，直到阿爸瞪他一眼，他才放下筷子。

他沒看過大男人哭，還哭得那麼傷心。

從朝春伯口中得知，他小時候跟著阿叔來台灣找工作，那是二次世界大戰末期，後來日本人戰敗離開了，不久國民政府失去大陸，來到台灣，兩岸政治對立，朝春伯不但回不去了，連通信都沒辦法，故鄉的家人是生是死都不知道。阿叔也病故了，他在台灣孑然一身，舉目無親，這樣的生活毫無目標，所以常常借酒消愁。

嘉明聽兩個大人的談話，才知道今天是朝春伯母親的八十歲生日，他竟然不知道自己的母親是生還是死，也忘了母親的長相。

嘉明想一想，自己的命運雖然不好，比起朝春伯來是好多了。有家卻歸不得，有兄弟姊妹卻無法見面，生離比死別更痛苦，看樣子他這輩子想要踏上故鄉的土地，是非常困難的事。

「咳！咳！」朝春伯猛咳了幾聲。

「阿春仔，我們兩個年紀差不多，你咳得比我嚴重。」

「當然，我九歲來台灣，跟著阿叔挖礦，當了一輩子的礦工，錢是有存了一些，同時也賺到一身的矽肺病。」

矽肺病是礦工最常見的病，幾乎無人能倖免。礦坑中常因鑽岩而產生大量灰塵，長期吸入後沉積在人體肺部，造成肺部纖維化，矽肺的主要症狀為：呼吸短促、疲倦、食慾全無、胸痛、乾咳、呼吸衰退，最後慢慢向死神投降。

嘉明越想越可怕，他看過村中很多老人為矽肺病所苦，呼吸困難，生不如

死，他不希望走上這條路。

林副站長曾經勸告他，要脫離眼前的環境，唯有用功讀書，才能擺脫不如意的生活環境。

「阿明，你先回家。」

「哦！」

嘉明起身，慢慢走回家，孤寂的路燈照著寂靜的街道。他的心事重重，想著林副站長的話，想著阿爸和朝春伯的咳嗽，想著家中老少兩個女人，他突然打起一股寒顫。抬起頭來望著天空一彎細細的上弦月，他握緊拳頭，低聲告訴自己：「劉嘉明，不要再浪費時間了，好好拚一拚！」

※　※　※

阿義調車摔斷腿，小腿打上石膏，他在家休息一個星期，就拄著拐杖去上班。家裡的人要他多休息幾天，他說車站人少，少一個人上班，就增加其他人的工作量。他去賣票沒問題，短時間內沒辦法擔任調車工作。

一個沒有風的午後，站長總覺得心神不寧。一列上行莒光號列車接近後，他走出去辦公室外面，做例行的列車監視。列車疾駛進站了，他揮手向司機員致意，火車像是一頭怪獸，夾著隆隆的聲音快速通過。

「嗚——嗚——」

緊急短促的鳴笛，聽起來十分刺耳，大家感覺不妙。

「嘎——」

突然，火車發出緊急的煞車聲。

「阿德，快去看看什麼事？這個聲音聽起來應該是在隧道附近，你快騎腳踏車去看看。」

阿德跨上腳踏車，飛快地騎出去。

站長拿起調度電話，向調度所報告。「剛才一二八次五堵準點通過，通過後不久聽到緊急煞車的聲音，已經派人去查看。」

通報完畢，他焦急地等著。

聽說鐵路局已經購進一批無線電，還在測試中，正式使用後，聯絡事情就方便多了，司機員、列車長和車站之間，有了無線電，發生事故就可立刻知道，調車時也會更加方便，更加安全。

過了十幾分鐘，阿德急匆匆地騎著腳踏車回來。

「沙西米啦！司機說在山洞口附近看到有人，緊急鳴笛又煞車，已經來不及了。」

沙西米是火車撞死人的代稱，被火車撞到後，屍體往往碎成好幾百塊，像是菜市場裡豬肉攤上剁碎的肉塊，十分恐怖。餐桌上的生魚片切得整整齊齊，和碎屍塊外型不大一樣，但若解釋為新鮮的肉塊，意思應可相通。

站長馬上向調度所（註十二）報告，再向鐵路派出所、道班房通知。

山洞口附近沒有平交道，也沒有住家，怎麼會撞死人？站長懷疑著。

「阿德，是不是鐵路迷走鐵軌？」

「不是，是那個肖阿蓮。」

「啊！是她？」

「司機說遠遠的看到有人在山洞口附近走動，他趕緊鳴笛，拉起手煞車，但是還是來不及，眼睜睜的看著火車撞上去，像撞到一個洋娃娃，車子停下來，已經在隧道中間，鐵軌旁一路都是屍塊。唉！真是慘不忍睹。」

「你拿大型手電筒去支援一下，現場盡量處理乾淨。」站長嘆口氣說：「唉！可憐的阿蓮。記得買一些金紙，燒給阿蓮。」

「我現在就去辦。」阿德說。

【註十一】調度所：是火車行駛控制中心，調度員是在操作號誌、控制列車進站的人。調度員用專屬調度電話直接指揮車站，車站若有異狀，站長直接報請調度員處理。

第十章

自強號列車

我們生活在一起
奮發在此時此地
要貢獻你自己
你的人生有意義
從民國六十六年起
每個人更要努力
縱然身處國難裡
爭氣讓外人看得起

五堵車站的老舊站房傳出收音機的聲音，這首歌已經流行了一年，還是常常有人向電台點播。這首歌的歌名叫「民國六十六年在台北」，由劉家昌作詞作曲，許多歌星都分別唱過。

自從民國六十年退出聯合國，台灣的政局一直在風雨飄搖中，六十六年，卡特當選美國總統後，積極尋求與中共建交，那意味著要與台灣斷交，在台灣的有錢人紛紛移民國外，一般老百姓只好唱著「民國六十六年在台北」來安慰自己。

觀光號火車停駛了，鐵路局從國外進口一批更高級的火車，大家都拭目以待。

鐵路局公開徵求命名，提供不少的獎金。

「以前劉銘傳時代把火車頭的名字取得多好，騰雲號、御風號，還有掣電、超塵，這些名字既典雅，又充滿速度感，一聽就有風馳電掣的感覺。」林副站長說。

「我建議取名『莊敬號』。」進興說。

「為什麼？」

「近來不是常喊著『莊敬自強，處變不驚』嗎？」

「我建議取名『不驚號』。」阿義說。

「為什麼？」

「這是台灣速度最快的火車，速度太快有些人會害怕，就像搭雲霄飛車一樣，所以安慰旅客不用驚怕，我們的火車是很安全的。」

「哈！哈！」

過了幾天，鐵路局宣布新火車取名「自強號」（註十二）。

※　　※　　※

交通部一道公文下來，要舉行交通盃壁報比賽，通知屬下各單位踴躍參加，鐵路局當然是屬下單位。

鐵路局通知上次壁報比賽前三名的單位參加，公文來到五堵站，站長看了心情凝重，像被鉛塊重重壓著。他心中一則以喜，一則以憂，喜的是這是為鐵路局爭取榮譽的好機會，也是為自己爭取榮譽的好機會，憂的是恐怕無法達成任務，交通部底下有多少大單位，例如：航空公司、郵輪公司，和他們競爭猶如小蝦米對大鯨魚。

侯站長剩下不到半年就要退休了，在鐵路局四十多年生涯中的最後階段，如果能為鐵路局贏得冠軍，不但為鐵路局生涯畫上完美句點，而且更添光彩。

交班的時候，他把公文拿給林副站長看，林副站長看了心中猛然一驚，這是吃力不討好的工作。站長是受過日本教育，對榮譽看得特別重，不容許馬虎。像上次壁報比賽，上頭沒有補助，站長生性節儉到幾乎吝嗇，請劉嘉明幫忙的所有材料費全部都是他自掏腰包。

「上次幫我們做壁報的小朋友呢？」

「他呀！今年讀國三了，要考高中了，功課壓力很大，恐怕沒辦法再幫忙了。」

「那怎麼行？無論如何叫他一定要幫忙，我在鐵路局四十多年，第一次碰到交通部的比賽，太難得了。好多人一輩子都碰不到一次，對不對？」這個夜班，林副站長眉頭深鎖，一副憂心忡忡的樣子。

「副座，什麼事情不開心？」阿義問。

「站長又要我做壁報了，傷腦筋！」

「找那個小鬼來幫忙啊！」

「他要考高中了，剩下不到一年，我希望他好好拚一下，不要打擾他。」

「那就隨便做一做，最後一名也不會受處分。」進興說。

「我也是這麼想，可是站長榮譽心超強，一定不肯輕易認輸。」林副站長說。

「那就叫他自己去拚，看他有沒有能力拿第一？」

「他是沒那個能力。」林副站長說：「若是能為鐵路局拿個好名次，我們身為鐵路人也有揚眉吐氣的感覺。」

「副座，你和站長都很矛盾呢！想為鐵路局爭光，又擔心做不好，擔心找不到人幫忙。站長比你想得開，他把工作丟給你，連材料費都捨不得掏出來，就等著得獎、記功。」阿義說。

「服從是公務員的職責，上級指示的工作，我當部屬，只能盡力去完成。站長是我長官，不用和他計較了。錢的事情好辦，人的事情難找，該怎麼辦？」

正在發愁的時候，嘉明出現了，他對售票口的阿義打招呼。

「義哥，什麼時候可以拆石膏？」

「醫生說，還要三個星期。」

「快了！三星期一眨眼就過去了。」

「三星期你們一眨眼就過去了，我是度日如年。」阿義苦喪著臉。

嘉明走進辦公室。

「林大哥，我拿一個數學題來問你，老是解不開。」嘉明說。

「小弟，你來得正好，副座正想著你。」進興說。

「想我？真的嗎？」

林副站長點點頭。「大家正在談你，沒想到你就出現了。」

「什麼事？」

林副站長把公文拿給嘉明看，他看完後沉默不語。

「怎麼了？連你都有問題了？」進興問。

「工程越來越浩大了。」嘉明深鎖愁眉說：「我很樂意幫忙，可是……」

「我知道，你正要最後衝刺，萬一衝刺沒有成功，以後就是讀正義高中，繼承你爸爸的事業，當一名快樂的礦工。」

「副座，你很了解小弟。」進興說。

「當然。」

嘉明思索片刻，緩緩地說：「林大哥的事，不幫忙的話說不過去。這樣吧！你去詢問站長主題要畫什麼？把材料準備好，我把構圖草稿擬好，再找我的同學幫我完成，這樣就不會花我太多的時間。」嘉明說。

「你的同學會畫圖嗎？」

「當然會，他是鐵路迷，能把火車畫得很細膩。他是個天才，沒有學過畫圖，可是他的水彩畫比許多畫家還棒。」

「快把他請來。」

「他住汐止，不知道能不能把他請到，很難說。他是個怪人，不愛跟別人講話，就是愛畫火車，國一和我同班，國二就休學了，現在不知怎麼樣了？我不知道他家的住址，向其他的同學打聽應該能打聽到。」

大家的目光集中在嘉明身上，五堵站的榮耀，就全看他了。他若是無法請到那位同學，站長的希望大概瞬間熄滅了。

下一個上班日，林副座問站長，壁報的主題要畫什麼？站長想了一下說：

「當然是火車。」

「什麼樣的火車？」

「最新最快的火車自強號，這代表在國家動盪飄搖的時候，我們鐵路局主張要自強不息，勇往直前。」

「好！」

連畫個壁報，都要扯上國家，真是扯太遠了，林副站長心中覺得好笑。不過不可否認，自強號列車是最火紅的話題，最能代表鐵路局的大明星。

※　※　※

嘉明和小龍的交情不算特別好，曾經有半學期的時間坐在他旁邊。小龍不愛講話，只有偶爾會和嘉明聊幾句。

嘉明不知道小龍家的住址，問了好幾個人才打聽到。趁著放學後按照地址去找，好不容易找到了。小龍開門後，他很詫異，因為休學後沒有同學再去找他。

嘉明說明來意，小龍卻一口拒絕。

「小龍，畫火車是你的興趣，也是你的專長，現在有機會讓你發揮專長，你不妨好好把握機會，好好表現一下。」

「要是五堵車站的人需要，那就免談。五堵車站的人都是壞蛋，對我很兇，連我去車站畫個火車都不行。」小龍忿忿不平地說。

「你誤會啦！我以前跟他們不熟，也都覺得他們很兇。現在跟他們熟了，發現他們很有人情味，在家裡遇到打不開的死結，車站已變成我的避風港。」

「每次去車站，被他們發現，就像在趕流浪狗一樣，我是人哪！不是狗。」

「小龍，他們領鐵路局的薪水，就要為鐵路局辦事，在鐵軌附近走來走去，是很危險的，他們當然要勸阻，否則發生事情，他們就吃不完兜著走。」

「我會自己小心，出事不會要他們負責。」

「你自己會小心，可是他們面對群眾，一律公平。一旦出事，誰都沒辦法負責，只有他們值班的人要負很大的責任，警察、法官和鐵路局的頂頭上司，全都會怪車站員工沒將外人管制好，才會發生事故。」

「……」

「小龍，我們的家庭都不溫暖，被當作異類分子，我的家庭更糟糕。在我心

情最低落的時候，曾經搭夜車到高雄找親戚，親戚找不到，我在愛河附近徘徊很久，很想跳下去結束生命，只欠缺一個勇氣而已。後來回到五堵，車站裡的人常常安慰我，開導我，我才有繼續活下去的念頭。」

「可是……他們很兇。」

「他們執行公務當然要兇，否則沒有人肯聽他的。你看警察是不是都很兇？如果警察擺出慈祥笑臉，勸導民眾不要闖紅燈，抓酒駕，誰會聽他的？你看看媽祖廟的千里眼、順風耳，城隍廟的黑白無常，個個都是面露凶相。」

「……」

「小龍，這次你一定要幫助我，因為我欠他們太多人情，不能袖手旁觀。我要拚師專，剩下不到一年的時間，拚不上的話要留在這個家，我不願意。車站那些人都是好人，只是有幾個愛搞笑，愛作弄人而已。」

小龍猶豫再三，嘉明勸了很久，終於點頭答應了。

夜晚，林副站長值夜班。

晚間八點以後，車站冷冷清清的，一高一矮兩個人走進車站。

「喂！你又來了。晚上視線不好，火車咻的一下子就飛過去了，你看得到喔？我不相信。」阿義哥一看到那個高個子，火氣就上來，不知趕了多少遍，他還是常常躲著偷看火車。

高個子看到阿義，露出恐懼的眼神來。

「義哥，他是我請來的畫火車高手。」

「什麼？你說的畫火車高手就是他？」

「是啦！就是他。」

嘉明帶他去見林副站長，林副站長看了也是很驚訝。

「哇！真看不出。」

「他姓方，名字叫小龍。」

「你好！」小方靦腆地打招呼。

「咦？你不是啞巴嗎？你在車站出入那麼久了，從來沒有人看過你開口講話，又不知道你的名字，所以大家私底下都叫你啞巴。」進興好奇地問。

「你才是啞巴，我不說話不行嗎？」小方瞪他一眼。

三個人進入壁報製作討論議題，林副站長將站長的意思述說一遍，希望壁報以自強號為主題。

方小龍皺起眉頭來。「可是，我……不知道自強號怎麼畫，因為……每次看到它時，都很快從我眼前過去，看都看不清楚。」

「是啊！這是個大難題。我每次看到自強號，也都是幾秒鐘就飛馳而過，看不清楚。」林副站長說。

「有個辦法，就是派人到台北車站拍照，專門拍自強號的英姿，然後小方就可以根據照片去畫。」嘉明說。

「有了！如果要自強號的照片，那些常拍火車的鐵路迷一定有，向他們借一下就有了。那天那個吳老師是大師級的鐵路攝影家，他一定能提供照片。」林副站長翻找著辦公室的抽屜，這個辦公桌是三個人輪流用，不是他專屬的。「奇怪，那個吳老師明明留下一張名片給我，怎麼會找不到？」

「副座，前幾天站長心血來潮，整理桌上和抽屜裡的東西，他說不是公務的東西都扔掉。」

「啊！我的希望落空了。」林副站長嘆口氣，失望之情寫在臉上。「改天我到台北站去拍自強號的雄姿吧！當然，我拍攝的水準一定比不上那些專家，而且拍攝火車，一定要在鄉間野外，有大自然當背景，在車站裡很難拍到好照片。」

「副座，等你拍好照片，我們立刻動工。我有預感，如果一切都順利的話，這次我們還是會得獎，因為有高手加入團隊。」嘉明很有信心地說。

※　※　※

郭家豪帶著馬金德，循著上次吳老師帶他拍火車的路線，再一次去拍火車。馬金德是他表弟，就讀高職，一樣對火車十分著迷。

拍完火車，下山沿著鐵軌走，走過黑黝黝的山洞後，家豪特別向表弟推薦白老爹的牛肉麵。

「你們去爬哪座山？」白老爹問。

「從六堵那邊進去，我不知道山名，我們只是愛拍火車，那裡角度比較好。」

「你們有走山洞？」

「有啊！很刺激，我的表弟一定終身難忘。」家豪眉開眼笑，對今天的行程十分滿意。

「我在這裡住了一輩子，從來沒有走過那個山洞，前幾天去看了一下，和你們一樣終身難忘。」

「為什麼？你只在洞口看一下，就終身難忘？」金德好奇地問。

「半個月以前，我們村子有一個瘋女阿蓮，不知道為什麼去山洞走鐵支路，被火車撞到，碎成好幾百塊，山洞裡暗摸摸，根本看不清楚，撿不乾淨，如果你們不小心踩到，要記得跟她說聲對不起。」

兩個人都愣住了，金德的手中正夾起一塊牛肉往嘴巴送，聽老闆一說，嚇得吐出來。

「阿蓮是好女孩，不會對你們怎麼樣。只要你們時時心存善念，一定可以保平安。」白太太說。

「……」

兩個人胃口全無，付了錢，起身離開，到對面的車站走一走。

「吳老師說，有一次他來車站拍照，被站長罵得很兇；上次來遇上一個很和氣的年輕人，還請我們喝茶。」

「差那麼多？」

「今天不曉得輪到誰值班？」

家豪正在探頭探腦，突然聽到一聲：「小子過來，我們副座正要找你。」

家豪嚇一跳，原來是進興哥。

「副座找我幹嘛？」

「有事。」

進興哥帶他們兩位去見副站長，副座笑臉相迎。

「正想要找你，不知道去哪裡找？」

「副座找我什麼事？」

「我正需要自強號的照片，所以想到你們這些鐵路迷。」

林副座將做壁報的事，向他說明一下，他立刻答應了。

「我拍的火車照片很多，吳老師更多，如果你需要，借你參考沒關係。我有吳老師家的電話，上次他一直稱讚你為人很好，應該不會拒絕。」

三天後，郭家豪帶著二十幾張自強號的彩色照片來，給林副站長好好挑選，其中大部分是吳老師的大作，也有家豪和金德的作品。林副站長挑來挑去，每張都是大師傑作，美不勝收，讓他好傷腦筋。

「這樣吧！我請做壁報的人來挑選。」

「好吧！」

林副站長請嘉明來車站，很快挑了三張。

自強

嘉明面對美麗的火車照片，靜靜構思著，他用鉛筆先畫一個草圖，然後請方小龍來做詳細的畫圖和著色。

方小龍來到五堵車站，不再是躲躲閃閃的，而是大大方方的進出。現在他是車站的貴賓，看到他來，站長立刻泡一杯好茶請他喝，車站的員工都對他另眼相看，沒想到在短時間內，他受到的待遇竟然猶如天壤之別。

他作畫的速度很快，比預期的時間提早很多，嘉明再來做最後的修飾，一張美圖終於完工了，站長和林副站長看了都很滿意。

站長對嘉明和小龍刮目相看，他雖然不會畫圖，欣賞圖畫美醜是天性，這兩個小屁孩竟然能畫得那麼好，真不簡單。

他小心翼翼地將壁報鎖在櫃子裡，每天上班時都會拿出來欣賞，同事們都讚美不已。一直到截稿前三天，他才將原稿寄出去。

寄出去後，站長漸漸把這件事淡忘了，他開始忙著退休的事，車站的裝備要交接給新站長，找不到的裝備要想辦法補齊。自己的證件要繳交，連四十多年前的派令還要找出來，那些薄薄的紙張早被蛀蟲蛀掉邊邊。

這些事情是很繁瑣的，讓他忙得團團轉，希望退休日早一點來到，以後不再為這些瑣事煩心。

【註十二】 自強號火車是民國六十七年八月十五日開始營運，是台灣當時最高等級的火車。民國九十六年，太魯閣號加入，民國一百零二年，普悠瑪號加入，這兩款新型火車專跑北迴線，收費亦等同自強號。

這兩款列車又叫傾斜式列車，或稱搖擺式列車，是一種車體轉彎時可以側向擺動的列車。相較於一般列車，傾斜式列車通過彎道時會以較快速度行駛，可以節省行駛時間。

第十一章

老站長退休

一個月後收到一封公文，五堵車站的壁報參加交通盃比賽，得到第一名。沒想到會得到第一名，本來以為能得到佳作或是前三名，就算為鐵路局爭光了，沒想到能打敗那麼多強勁的對手。站長收到這封公文後，一整天心花朵朵開，笑得好燦爛。

距離退休的日子越來越近了，除了壁報得獎外，總局又給他記了一支大功，站長每天笑咪咪的，一改往日嚴肅的表情。

要退休的人再記幾支大功都沒有用，不如給現金比較實在。侯站長把榮譽看得比一切都重要，在鐵路局幹了一輩子，小小的嘉獎偶而會得到，小功、大功

從來不敢想，沒想到在四十多年的鐵路生涯中，最後幾個月竟然獲得大功，對他而言，比中獎券的頭獎還高興。

平日節儉到幾乎一毛不拔的站長，下定一個決心，要開三桌宴請車站員工、志工以及幫忙做壁報的那些人。大家為站長的決定嚇一跳，因為大家正暗中討論如何宴請站長，一個人在同一個單位服務了四十幾年，從年輕小夥子做到老態龍鍾，一生的青春歲月都奉獻給鐵路局，

光是這一點就值得大家欽佩。他做起事來一絲不苟，腳踏實地，從不敷衍了事。在他手下辦事，會覺得過於嚴苛，習慣以後，覺得工作態度本來就應該如此。以前對他領導風格頗有怨言的人，久而久之都能認同他的做法了。

宴客的地點選在白老爹的麵攤，在那裡宴客有點寒酸，不過很方便，出了車站不到三十公尺就到了。那裡是五堵唯一的用餐地方，大家都十分熟悉，原本大家準備要宴請站長的地方也是這裡。

時間選在一個星期六的下午，傍晚六點鐘開席。那天站長值日班，下班後正

好過去幫忙張羅。林副站長值夜班，他和進興、阿義是吃不到。

那一天，稱不上冠蓋雲集，因為侯站長並沒有邀請直屬長官或是同輩的站長、副站長，只邀請站內的同事，感謝大家這些年來的合作愉快。

邀請的壁報製作小組包括方小龍、劉嘉明、吳老師、郭家豪等人，嘉明因為忙著準備功課而缺席，吳老師和方小龍都曾經和站長有過不愉快的過節，趁此機會大家握手言和。

義工中邀請老羅和祁國棟，兩個人都出席了。

站長首先敬大家，他喝的是紹興酒，也有準備啤酒、果汁、汽水和烏龍茶。大家敬完後，吃了幾樣菜，他單獨敬老羅。「老羅，感謝你，上班時工作認真，退休後還常常到車站當義工，真正是以車站為家。」

「站長，這裡是我另外一個家，老同事不嫌棄我，來到這個家感到好溫暖。」

站長又去敬攝影大師吳老師。

「吳老師，真對不起，上級再三交代，不准民眾走鐵軌，更不能走山洞，太危險了。」站長舉杯向吳老師致意。

「我知道，大家立場不一樣，我不走鐵軌，不走山洞，沒辦法去拍攝好角度的火車。我帶學生走鐵軌、走山洞，都非常注意他們的安全，萬一出了事，會一輩子心不安，對不起他們的家人。」

「出了事，他們的家人會怪我，上級也怪我，這件事好為難，所以不得不扮黑臉。那個阿蓮被莒光號火車撞死，雖然我沒有責任，可是我難過得好幾天吃不下飯。」

「我了解。」

站長去敬郭家豪，家豪以茶代酒。

「年輕人，當完兵後來考鐵路局，這裡可以讓你天天看火車，保證你不到一個月就看膩了。」

「不會啦！」

「年輕人都不喜歡到鐵路局上班，因為工作危險性高，待遇又偏低，比起私人公司差很多，不過我保證這裡的工作環境是溫馨的。」

「哦！我會考慮。」

他再向小祁敬酒。

「小朋友，你喝果汁或烏龍茶就好了。」

「不行！你喝什麼，我就喝什麼。我滿十八歲了，不再是小朋友，老爸對我菸酒都解禁了，他說過一陣子要買摩托車給我，我準備好好去飆車一下。」

「你剛滿十八歲沒多久，就敬你紹興酒，我會良心不安，好像在摧殘國家幼苗。」

「站長，你不喝就沒意思，早知道我就不來了。」小祁舉起杯子，裡頭裝了九成滿的紹興酒。「站長，我先乾為敬。」他仰頭一喝，杯子很快空了。

站長只好舉杯向他敬酒。「年輕人，少喝點，等到有一天你要退休的時候，就可以開懷痛飲，要喝多少就喝多少。」

「今天我就要喝醉，不醉不歸，這樣才表示我對站長的誠意。雖然我以前曾

經恨過你，但是我知道你是為我好，所以現在已經不恨了。」

「小祁，老人家就是愛嘮叨，雖然你不愛聽，我還是要講。不要飆車，不要跳車，不要拿自己的生命開玩笑。生命只有一條，要好好愛惜，不只為自己，為你的父母想一想吧！」

「站長，今天是你高興的日子，不要講一些不吉利的話。」

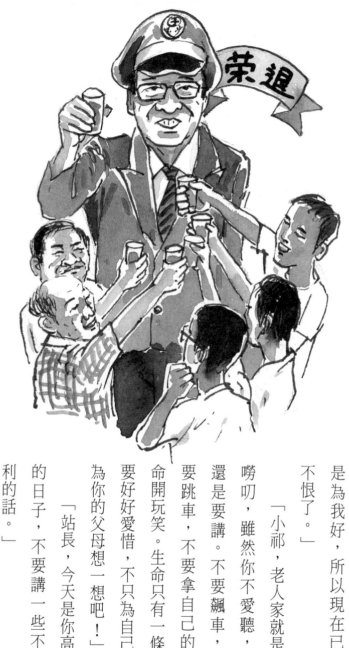

「今天是我高興的日子，當然我希望聽到的都是吉祥如意的話，你還年輕，我不得不告訴你，為父母著想吧，白髮人送黑髮人，是很痛苦的。」

「呸！呸！你真是老番顛，都講一些不吉利的話，再講我就回家了。」小祁變了臉色。

「好了，不說了，我只是善意提醒你。」

站長去向其他員工一一敬酒，大家看不出來，平日嚴肅拘謹的老站長，竟然有這麼好的酒量。

站長看到躲在不醒眼角落的方小龍，過去對他勾肩搭背。「小龍，這次壁報得獎，你的功勞最大，以後我不在了，我會交代新的站長，只要你方小龍踏進五堵車站，就是我們的貴賓。」

小龍害羞低著頭。

「小龍，我敬你，你是貴賓。不過，你只能喝烏龍茶。」

站長舉杯向小龍致敬，小龍好興奮，拿起烏龍茶來回敬。

小祁也跟著到處找人敬酒，他是人來瘋，人越多他就越瘋，到處敬酒到處喝，喝了多少，自己也不清楚，過了不久臉上就呈現紅暈。

站長喝了酒，拉著許多人起來唱歌，自己貢獻三首日本歌。好在這個時間旅客稀疏，附近住戶很少，不至於影響別人。大家認識站長十幾年了，第一次見到他活潑的另一面。

小祁不甘寂寞，沒有麥克風，就清唱劉家昌的「民國六十六年在台北」。

我們生活在一起
奮發在此時此地
要貢獻你自己
你的人生有意義

……………

有人對他喊著：「小祁！今年民國六十七年了，你還在唱民國六十六年。」

「年年六六大順，年年平安如意。」他說。

到了九點左右，住台北的人說要趕火車，其他的人也紛紛要回家，如果瘋到十二點以後，明天上班的人會爬不起來。

站長包了一些剩菜，帶回車站，給三個留守的人當消夜。

小祁不知喝了多少酒，臉上酡紅，走起路來歪歪斜斜。

「小祁，你這個樣子怎麼回基隆？晚上在這裡睡，明天早上酒退了再走。」阿義勸說著。

「沒問題，本大爺……不會醉的。」

上行列車接近了，阿義扶著小祁到月台。林副站長看到小祁痛苦的模樣，對他說：「小祁，我的床鋪給你睡。」

「安啦！老子沒事。」

「回到家後，打個電話到車站來報平安。」

「好啦！好啦！你比站長還煩呢！」

火車進站後，阿義將他扶上車去，找一個空位，安置好後還特別叮嚀車長，要特別注意這個乘客。

火車開走了，望著車廂尾端兩顆紅紅的尾燈漸漸遠離，林副站長和阿義都在擔心，小祁醉成這個樣子，會不會走下車？會不會有危險？

「小祁就是好逞強，不喜歡人家當他是小孩子，明明不會喝酒，故意裝成大人的樣子。」林副站長感嘆著。

「當小孩有什麼不好？無憂無慮的。有一天成家立業，要煩惱的事可多了，可惜回不去了。」阿義說。

「我進去辦公室，通知基隆站的旅客嚮導，注意協助下車。」

兩個人走進辦公室，阿義對副座說：「你忙你的，電話我幫你打。」

「謝謝！」

打完了電話，總算鬆了一口氣。

「小祁這小子不知天高地厚，講話都當耳邊風，真傷腦筋喲！」阿義說。

「這小子愛出風頭，不認輸，讀書時要是不認輸，不知該多好！」

林副站長感慨地說。

阿義望著桌上兩大包的剩菜，對林副座說：「趁熱吃吧！冷了就不好吃。」

「好啊！」

阿義去廚房拿了三個盤子來裝菜，林副站長去售票房叫進興來吃。

「可惜，晚上輪到我們上夜班，只能遠遠的看他們吃大餐。」進興說。

「不稀罕，看他們互相敬酒，各個喝得臉上紅通通的，喝那麼多酒，其實很不舒服。」

「連小祁都喝不少。」

「咦？這是什麼肉？」進興夾起一塊肉問大家。

「菜尾就是混合很多道菜，就像大鍋菜一樣。」阿義說。

「我聽站長說，他特地點了幾樣牛肉，包括沙茶牛肉、蔥爆牛肉、宮保牛肉，白大嫂煮牛肉的功夫不錯，不過我們三個吃的是混合豬肉、雞肉和牛肉，很難分辨。」林副站長說。

「管他什麼肉？吃到肚子裡都一樣。」阿義說。

「是啊！」

三個人大快朵頤，吃得津津有味。

突然，刺耳的調度電話響了，林副站長連忙起身跑過去接聽。

「事故通報！事故通報！三四八次（註十三）列車，在八堵站開車後，發生旅客跳車事件，當場死亡，列車延誤十五分鐘。」

林副站長放下聽筒，嘆了一聲：「又是『沙西米』。」

「幾次的？」

「三四八次。」

「三四八次不就是小祁搭的那班車？會不會……」阿義懷疑著。

「是在八堵，不是基隆。」

「副座，喝醉酒的人迷迷糊糊，搞不清楚八堵和基隆。」進興面帶疑惑地說。

林副站長臉上一陣驚疑，但願不是他。他起身來打鐵路電話（註十四），撥了八堵站的號碼，電話接通的那一剎那，他發現持聽筒的手在發抖。

「副座，我是五堵林副站長，請問一下，剛才三四八次跳車的旅客是……」

「喔！真倒楣，剛處理好。」他說：「那是一個學生，理光頭，車子開動了，速度很快了，他突然跳下車，頭去撞到月台上的日光燈柱，當場頭破血流，腦袋開花。」

林副站長頹然掛上電話。

※　※　※

陽光亮麗的日子，進興上班時，趁著沒有旅客的空檔，拿著一袋排骨準備給小黃加菜，小黃養了半年多，體型增大了許多。每次看到進興，就像看到久違不見的親人，小黃親暱得在他腳邊磨蹭，任你鐵石心腸的人，也會被牠可愛的模樣融化。

他已經好幾天沒看到小黃了，白老爹都說在他家，沒跟他到麵攤來，上次夜班時進興特別叮嚀，今天要帶小黃出來。

「白老爹，小黃呢？」

「在……家。」

「在家？前天在家，大前天在家，我大概一個星期沒看到牠了。」

「生……病了。」

「生什麼病？」

「我……也不知道。」

「有沒有去看醫生？」

「沒有。」

「你等我一下，我去向副站長請假，我要帶小黃去看獸醫。」

進興一陣風似的跑向車站，留下錯愕的白老爹和他太太。

白太太嘆口氣說：「進興這

個人就是很死心眼，你就跟他說實話，遲早他會知道。」

「不行啦！……」

「人家說，撒一次謊，要用十個謊來圓。」

進興憂心忡忡地走過來，對著白老爹說：「走啊！到你家帶小黃。」

白老爹的腳好像生了根，不想離開一步。

白太太開口了：「進興，老實對你講，小黃死了。」

「什麼？小黃死了？怎麼死了？」進興著急地問。

「都是你們那個老站長，要退休宴客，向我訂了幾道牛肉大餐，那幾天正好汐止市場牛肉缺貨，只好……」白老爹吞吞吐吐地說。

進興眼睛張得大大的，茫然地問：「什麼？你把小黃殺了？」

白氏夫婦都沒有回應。進興愣了好幾分鐘，突然像清醒了，臉上漲得紅紅的，他一把抓起白老爹的胸前衣服，作勢要揮拳，白老爹嚇得拔腿就逃。

沒想到一向好脾氣的進興，竟然發這麼大的脾氣。

阿義聽到爭吵聲，跑出來將兩個人拉開。

【註十三】火車車次，下行為單數，上行為雙數。環島鐵路完工後，逆時針方向為單數，順時針方向為雙數。

【註十四】鐵路電話：是鐵路局自行架設的電話，可撥打到鐵路局所屬各單位，在各車站之間，每隔半公里就設有站間電話，可和車站聯絡，在沒有無線、手機的時代，站間電話十分重要。

第十二章
又搭夜快車

光陰荏苒，嘉明最近連走路都在看書、背英文單字、背公式，他已經下定決心要好好拚一下，抱定破釜沉舟的決心。

沒有回頭路了，不成功就要回到那個不受歡迎的環境裡，讓別人來擺弄，最終的命運就是被安排當礦工，每天在暗無天日的坑道裡工作，只要一次意外就沒命，僥倖活到退休，可怕的矽肺病伴隨一生，慢慢將你折磨至死。

「嘉明！」

「哦！」

「台南師專的招生簡章和報名表出來了，我託朋友要到的。」

嘉明搭火車要上學，林副站長遞給他簡章和報名表，他接過來後，心中湧起一股暖意，不知如何向林副座致謝。林副座說他有一位同學在台南站上班，拜託那位同學拿的。

火車快進站了，他匆匆跑上月台，竟然忘了向林副站長說聲謝謝。到了火車上，他拿出簡章來看，不知道是激動還是感動，他的兩隻手微微顫抖著。

過了幾天，他寄出報名表。

距離考試的日子越來越近，他的心中感到忐忑不安。台南是一個陌生的城市，從來沒去過，台南師專在哪裡？他不知道，距離車站不知道有多遠？

他去拜託林副站長：「林大哥，你能不能陪我去考試？」

「這個嘛……好吧！」林副站長考慮了半分鐘，就答應了。「不過要等我向上級請假，我們請假非常不容易。」

「哦！」一顆歡喜心頓時又失落了，請假不容易，那樣希望就不大了。

三天後，林副站長愁眉苦臉的告訴嘉明：「我的請假單送出去了，運務段通知沒人，沒辦法准假。我們請假必須由替班站長來替班，我們運務段裡面兩位替班站長，那幾天剛好都出去替班了。」

嘉明好失望。

林副站長看著嘉明的表情，感到十分心疼，一個瘦弱嬌小的孩子，面臨人生第一場大考，要單槍匹馬到遙遠而陌生的城市應考，舉目無親，孤苦伶仃，想一想也真不忍心。

「我和盧副座換班，不知道他肯不肯？」

「可以嗎？」

「我們只要寫好換班單，請站長蓋章就可以了。當然，要盧副座答應才可以。」

「哦！」

「萬一盧副座有事不能換，我請進興帶你去。」

「他能請假嗎？」

「他請假只要站長批准就可以了，站務員的工作可以互相調配，我們的工作不行。」

再過幾天，林副座帶來好消息，盧副座願意和他換班，他可以帶嘉明去考試。

到了考試的前一天，林大哥帶著嘉明搭火車到台南。到了台南，林大哥先到行車室拜訪他的同學，他們是鐵路局本科班的同學，受訓半年中都睡上下鋪。寒暄幾句後，他帶嘉明去搭公車，老舊的公車在台南的街道上轉來轉去，到了某一站下車，兩個人走到學校去看考場。嘉明想，好在有林大哥陪我來，否則光是公車就很容易搭錯。

看完考場，他們在小巷子裡鑽來鑽去，好不容易找了一家外觀簡陋的旅社，林大哥問了價錢，就決定住進去。

晚上兩個人上街吃晚餐，逛個街，欣賞街上閃爍的霓虹燈。回到旅社，洗過澡後，兩個人很早就躺下去睡覺。房間裡沒有冷氣，只有一台大同電扇，發揮很大的功用，雖然呀支呀支吵到天亮。林大哥大概累了，躺下去不到五分鐘就開始打呼。嘉明望著他，心裡頭想，他要是我的親哥哥該多好。

有人幫他打點一切，考起試來順利多了，自己專注在考試上，其他都不用操心，畢竟這是他第一次參加校外的考試，以往完全沒經驗。

※　※　※

等待放榜的日子是很漫長的，報紙、電視完全看不到這方面的訊息，只能等候學校通知。他特別注意郵差的腳步，唯恐郵差遺漏了錄取通知書。

偶爾會想起小祁，小祁的死，他感到很心痛。雖然不喜歡他精靈古怪的作風，他的熱心，他的爽朗，接觸過的人都難以忘記。

不知道他的父母有多傷心，祁家海外分支就此關門，不再開花散葉，祁爸爸一定傷透了心。

聽說白老爹聽到小祁的死訊，哭得好傷心，停止營業三天，他的家人去世，大概也沒那麼傷心吧！

一個平凡的晚上，晚餐過後不久，嘉明躲到自己的房間聽收音機。

「阿明，你的電話。」是阿爸的喊聲。

「哦！」

他起身來接聽，一定是哪個同學來邀約，一起去釣魚，一起去打撞球。

他拿起聽筒來。「嘉明，我是林大哥，告訴你一個好消息，你台南師專錄取了。」

「哦！」

「我叫台南那位室友幫我打聽，他說榜單早上貼在學校公告欄，郵件通知大概還要等兩、三天。恭喜喔！」

「謝謝！」

嘉明放下電話，臉上看不出喜悅，其實心中興奮得想高聲吶喊。

「誰打來的？」

「林大哥，車站那位高高瘦瘦的副站長。」

「他找你什麼事？」

「他說，我考台南師專錄取了。」嘉明淡淡地說。

爸爸驚訝地站起來說：「你這孩子，這麼大的事情，裝得不在乎的樣子。」

嘉明笑了笑，心中其實大樂。

「明天我去上班，要用放送器向全公司的人廣播，我兒子考上師專，以後不必當礦工了。」爸爸滿腔激情，激動地說：「我還要去買紅紙，請朝春兄寫毛筆字，明天貼在公司的大門口，讓每個員工上班都看得到。」

「爸，你這樣做，我會不好意思啦！」

嘉明的阿姨過來問：「什麼事那麼高興？」

「阿明考上師專，這大概是村子裡第一人吧？」

「考上師專就那麼高興？學費很貴吧？」

「不用錢，不但註冊不用錢，吃的、住的也都不用錢。」

「有那麼好康？以後怡君也去考。」

「當然可以，錄取率非常低，一個人要打敗好幾百個才有希望。」

怡君聽了，眉頭皺在一塊兒。「那麼難哦？我不要。」

※　※　※

月亮斜掛在天空，笑盈盈的，星星擠滿了夜幕，眨巴著眼睛。

嘉明揹著簡單的行李，慢慢走到火車站。同樣是到五堵車站搭普通車，再到汐止車站換乘夜快車，兩次的心情完全不一樣。上次是離家出走，唯恐被家人發現，這次是光明正大，帶著大家的祝福去學校報到。

他和阿爸這一年多的相處改變很多，在家裡他還是話不多，深深體會出「沉默是金」的好處，不多話就不會出差錯。剛才要離開家時，發現阿爸眼睛泛著淚光，送他到門外後，還偷偷塞了千元鈔票在他口袋，那是他平日偷偷存的私房錢。

開學後，遇上假日，回五堵太遠太累，我要去高雄找姨媽，姨媽是唯一能代替媽媽位置的人。

白老爹的攤子收了，看看時間還早，他在車站前的空地慢慢巡禮，路邊的三、四棵扶桑花，地上會開小黃花的不知名小草，還有高挺的苦楝樹。這裡留下太多的回憶，有溫馨，有快樂，有痛苦的，也有難忘的，酸甜苦辣百感交集，今晚搭夜車南下以後，再回來的次數大概就不多了。

今晚不知輪到誰夜班？希望是林大哥，他像大哥哥一樣關懷我，在我最脆弱，最失意的時刻，及時伸出援手。

走進車站裡，空蕩蕩的沒有旅客。他走向售票口，裡面賣票的是進興。

「嗨！好久不見了，我們副座剛剛還唸著你。」進興說。

「進興大哥，我買一張到台南的平快車。」

進興遞出一張車票來，說：「送你。恭喜你考上台南師專，有回家鄉的時候，記得來車站走一走。」

嘉明看看車票，進興真是一個好好先生，奇怪？為什麼好人都不想結婚？他想到林大哥和進興。

「謝謝你。」嘉明收好車票。

「林副座在裡面，看到你會很高興。今天是他最後的夜班，明天休班，後天就要去四腳亭站赴任，以後是站長了。」

「那麼巧，今天也是最後一夜？」

嘉明迫不及待地走到辦公室裡，看到林副座在整理一些自己的行李。

「林大哥！」

專注在整理東西的他，沒發現嘉明走進來，聽到熟悉的聲音，臉上漾著快樂的笑容。

「我以為見不到你了，今天晚上是我在五堵站最後一晚，要離開這個地方，突然感到很感傷，真不想離開。」林副站長說。

「謝謝你的照顧，沒有你的鼓勵，我不可能考上師專。」

「那是你自己的努力，要改變命運，只有靠自己。」

「林大哥，我想要你家的地址，有空我會和你保持聯絡。還有，你和進興結婚的時候，一定要通知我。」

林副座在白紙上寫下了他家地址和電話。

接近電鈴響了，林副座整裝好，戴上大盤帽。「走吧！我們一起去月台。」兩個人並肩走著，細聲聊著。火車進站了，嘉明對林大哥揮揮手，走上車廂旁的階梯。

開車鈴聲響了，看看在日光燈下的林大哥，溫馨的感覺油然而生，他突然升起一個念頭，想衝下車去，緊緊抱住林大哥。

鈴聲戛然停止，他趕緊上車，找到一個靠窗邊的位置。

車子開動了，他望著車窗外，終於要離開了。閉上眼睛，一滴淚水悄悄從眼角滑下。

1. 臂木式號誌機

適用於鐵路單線區間，早年十分普遍，近年來已逐漸被電子式號誌機取代，全世界都逐漸失去它的蹤影。
臂木呈現水平位置，表示險阻號誌（紅燈），臂木呈現傾斜 45 度，表示平安號誌（綠燈）。

2. 燈列式號誌預告機

用於預告前方號誌狀況。燈號呈現垂直，表示平安號誌（綠燈），呈現水平，表示險阻號誌（紅燈），斜左下角 45 度為注意號誌（黃燈）。

3. 號誌閘柄

設置在車站或號誌樓外面，扳轉號誌閘柄，可使在百公尺外的臂木式號誌機變更號誌。

顯示平安號誌

臂木式號誌機

燈列式
號誌預告機

號誌閘柄

4. 調車號誌機

調車時使用的號誌，水平為險阻（紅燈），斜線為安全（綠燈）。

5. 止衝檔

通常設於軌道終端，防止車廂溜逸、碰撞的設備。

6. 平交道標誌

提醒路上車輛、行人停看聽，並提醒鐵軌上方的電車線有高壓電。

緊急按鈕設於平交道旁邊，萬一平交道上有障礙物，例如：車輛故障，按下之後，可發出電波通知最近的車站和行駛中的火車司機，做緊急處理。

平交道標誌

平交道緊急按鈕

◀▲止衝檔

▼止衝檔夜間燈號

7. 電車線終端標誌

電車線終端，提醒司機員，再過去就沒電車線，記得降下集電弓。

8. 慢行號誌機

向司機員告知慢行，並告知限制速度多少。圖中左為慢行預告機，右為慢行號誌機。

9. 錘柄式轉轍器

轉轍器是用來轉換道岔，當列車由一軌道轉至另一軌道，分歧所在之處必須有轉轍器，常用的方位叫定位，另一方位叫反位。錘柄式轉轍器是最簡易的轉轍器。

10. 標誌式轉轍器

標誌式轉轍器是最常見的轉轍器，上頭設有燈號，方便夜間調車。藍燈為定位，橘燈為反位。

標誌式轉轍器反位

標誌式轉轍器定位

11. 轉車盤

機車頭有分前後方，當它要轉換方向時，行駛至轉車盤上，轉動轉車盤即可。

12. 電氣路牌閉塞器

路牌套

適用於鐵路單線區間，必須經兩端站之合作，取出路牌，交給司機員。路牌是一個信物，保證兩站之間只有一輛列車行駛，安全度極高，可是操作繁複，浪費時間。

電氣路牌閉塞器

文學館
月夜・驛站・夜快車

2016年6月初版　　定價：新臺幣260元

著　　者	陳 啟 淦
繪　　者	余 瑤 傑
總 編 輯	胡 金 倫
總 經 理	羅 國 俊
發 行 人	林 載 爵

出　版　者	聯經出版事業股份有限公司
地　　　址	台北市基隆路一段180號4樓
編輯部地址	台北市基隆路一段180號4樓
叢書主編電話	(02)87876242轉213
台北聯經書房	台北市新生南路三段94號
電　　　話	(02)23620308
台中分公司	台中市北區崇德路一段198號
暨門市電話	(04)22312023
台中電子信箱	e-mail：linking2@ms42.hinet.net
郵政劃撥帳戶	第0100559-3號
郵撥電話	(02)23620308
印　刷　者	文聯彩色製版有限公司
總　經　銷	聯合發行股份有限公司
發　行　所	新北市新店區寶橋路235巷6弄6號2樓
電　　　話	(02)29178022

叢書主編	黃 惠 鈴
叢書編輯	張 玟 婷
整體設計	李 韻 蒨
校　　對	趙 蓓 芬

行政院新聞局出版事業登記證局版臺業字第0130號

本書如有缺頁，破損，倒裝請寄回台北聯經書房更換。　ISBN 978-957-08-4744-4 (平裝)
聯經網址：www.linkingbooks.com.tw
電子信箱：linking@udngroup.com

國家圖書館出版品預行編目資料

月夜・驛站・夜快車/陳啟淦著．余瑤傑繪圖．
初版．臺北市．聯經．2016年6月（民105年）．264面．
14.8×21公分（文學館）

ISBN 978-957-08-4744-4（平裝）

859.6　　105007803